La Métamorphose

Franz Kafka

Titre du livre original : Die Verwandlung
Date de première publication du livre original : 1915
Titre de la traduction : La Métamorphose (Traduction française)
Auteur original : Franz Kafka
Traducteur : Anonyme
Éditeur : TAZIRI

Déclaration de non-responsabilité : Ceci est une traduction d'une œuvre initialement tombée dans le domaine public. Les noms, personnages, entreprises, lieux, événements et incidents sont le produit de l'imagination de l'auteur original ou sont utilisés de manière fictive. Toute ressemblance avec des personnes réelles, vivantes ou décédées, ou avec des événements réels est purement fortuite.

Remerciements : La maison d'édition tient à reconnaître le traducteur anonyme, dont les compétences et efforts ont été essentiels à la traduction de ce livre en français.

Couverture : © TAZIRI, 2022.
ISBN : 9789982471374

SOMMAIRE

I.

Lorsque Gregor Samsa s'éveilla un matin après un sommeil agité, il se retrouva dans son lit métamorphosé en un monstrueux insecte. Il était couché sur le dos, dur comme une carapace, et, en relevant légèrement la tête, il aperçut son ventre bombé, brun, sillonné d'arcs rigides, au sommet duquel la couverture, prête à glisser complètement, ne tenait qu'à peine. Ses nombreuses pattes, pitoyablement fines en comparaison du reste de son corps, s'agitaient désespérément sous ses yeux.

« Qu'est-il donc arrivé ? » pensa-t-il. Ce n'était pas un rêve. Sa chambre, une vraie chambre humaine, bien qu'un peu trop petite, était tranquillement entourée de ses quatre murs familiers. Sur la table, où une collection d'échantillons de tissus était éparpillée – Gregor était voyageur de commerce –, un tableau qu'il avait récemment découpé dans un magazine illustré et encadré d'un joli cadre doré était accroché. Il représentait une dame coiffée d'un chapeau de fourrure et enveloppée d'un boa en fourrure, assise droite, tendant vers le spectateur un manchon dans lequel son avant-bras entier disparaissait.

Le regard de Gregor se tourna alors vers la fenêtre, et le temps maussade – on entendait les gouttes de pluie frapper le rebord – le plongea dans une mélancolie profonde. « Et si je dormais encore un peu pour oublier toutes ces absurdités, » pensa-t-il, mais cela s'avéra totalement impossible, car il avait l'habitude de dormir sur le côté droit et, dans son état actuel, il ne pouvait se mettre dans cette position. Quelles que soient ses tentatives pour se jeter sur le côté droit, il revenait toujours sur le dos, se balançant sans cesse. Il essaya des dizaines de fois, ferma les yeux pour ne pas voir ses jambes frémissantes, et ne cessa ses efforts que lorsqu'il ressentit une douleur sourde et inconnue sur le flanc.

« Mon Dieu, » pensa-t-il, « quel métier épuisant j'ai choisi ! Jour après jour sur la route. Les tracas professionnels sont bien plus grands qu'au bureau, et en plus, il y a ce fléau du voyage : les soucis des correspondances, la nourriture irrégulière et médiocre, des relations humaines toujours changeantes, jamais durables, jamais chaleureuses. Que le diable emporte tout cela ! » Il ressentit une légère démangeaison sur le haut du ventre, se traîna lentement sur le dos jusqu'au pied du lit pour pouvoir mieux relever la tête, trouva l'endroit qui le démangeait, constellé de petits points blancs qu'il ne comprenait pas, et voulut le toucher avec une patte. Mais il la retira aussitôt, car un frisson glacé l'envahit au contact.

Il se laissa retomber dans sa position initiale. « Se lever si tôt, » pensa-t-il, « rend complètement idiot. L'homme a besoin de sommeil. Les autres voyageurs vivent comme des pachas. Si, par exemple, je rentre à l'auberge dans la matinée pour transcrire les commandes obtenues, ces messieurs sont encore en train de prendre leur petit-déjeuner. J'aimerais bien essayer ça avec mon patron ; je serais renvoyé sur-le-champ. Qui sait, d'ailleurs, si cela ne serait pas une excellente chose pour moi ? Si ce n'était pas pour mes parents, j'aurais démissionné depuis longtemps, je serais allé trouver mon patron et lui aurais dit ce que je pense, du fond du cœur. Il serait tombé de son pupitre ! Quelle étrange manière, d'ailleurs, de s'asseoir sur un pupitre et de parler de haut à ses employés, qui doivent en plus s'approcher tout près à cause de sa surdité. Bon, tout espoir n'est pas perdu : une fois que j'aurai réuni l'argent pour rembourser les dettes de mes parents – cela prendra encore cinq ou six ans –, je mettrai définitivement fin à tout ça. Ce sera le grand tournant. En attendant, je dois me lever, car mon train part à cinq heures. »

Il regarda l'horloge qui, posée sur la commode, continuait de tic-tacquer. « Seigneur tout-puissant, » pensa-t-il. Il était six heures et demie passées, et les aiguilles avançaient tranquillement. C'était même bientôt sept heures moins le quart. Le réveil n'aurait-il pas sonné ? Depuis son lit, on voyait qu'il avait été réglé correctement à quatre heures ; il avait donc certainement sonné. Mais était-il possible de dormir si profondément malgré ce bruit qui faisait trembler les meubles ? Certes, son sommeil n'avait pas été calme, mais peut-être avait-il été d'autant plus profond. Que faire maintenant ? Le prochain train partait à sept heures ; pour l'attraper, il aurait dû se presser comme un fou. Mais sa collection n'était pas encore emballée, et lui-même ne se sentait ni frais ni en forme. Et même s'il parvenait à prendre ce train, il ne pourrait éviter une scène avec son patron, car le commis, qui l'avait attendu pour le train de cinq heures, aurait déjà signalé son absence. Cet homme-là, créature servile du patron, n'avait ni colonne vertébrale ni cervelle. Et si, finalement, il se déclarait malade ? Mais cela aurait été embarrassant et suspect, car Gregor n'avait jamais été malade en cinq ans de service. Sans aucun doute, le patron serait venu avec le médecin de la caisse d'assurance-maladie, aurait reproché aux parents d'avoir un fils paresseux, et aurait balayé toutes les objections d'un revers de main en invoquant l'avis de ce médecin, qui ne voyait dans les malades que des feignants en bonne santé. Et, dans ce cas, aurait-il vraiment eu tort ? Gregor se sentait en réalité, à part une somnolence superflue après ce long sommeil, en parfaite santé et même particulièrement affamé.

Alors qu'il considérait tout cela en grande hâte, incapable de se décider à sortir du lit – l'horloge venait de sonner sept heures moins le quart –, on frappa doucement à la porte située à la tête de son lit.

« Gregor, » appela une voix – c'était sa mère –, « il est sept heures moins le quart. Tu ne devais pas partir ? » Quelle voix douce ! Gregor fut effrayé lorsqu'il entendit la sienne en réponse : elle était certes toujours reconnaissable, mais un petit grincement douloureux, irrépressible, semblait s'y mêler, venant d'on ne sait où, rendant les mots d'abord clairs, pour ensuite les déformer à tel point qu'on ne savait plus si on avait bien entendu. Gregor avait voulu répondre longuement et tout expliquer, mais, dans ces circonstances, il se contenta de dire : « Oui, oui, merci Maman, je me lève tout de suite. » À cause de la porte en bois, la transformation de sa voix n'était probablement pas perceptible à l'extérieur, car sa mère se calma avec cette explication et s'éloigna en traînant les pieds. Cependant, cette brève conversation avait alerté les autres membres de la famille sur le fait que Gregor, contre toute attente, était encore à la maison, et déjà, son père frappait faiblement mais avec le poing à une autre porte. « Gregor, Gregor, » appela-t-il, « que se passe-t-il ? » Et, après un court instant, il insista d'une voix plus grave : « Gregor ! Gregor ! » À la porte opposée, sa sœur murmura doucement : « Gregor ? Tu ne te sens pas bien ? As-tu besoin de quelque chose ? » Des deux côtés, Gregor répondit : « Je suis prêt, » s'efforçant de moduler sa voix avec soin et de marquer de longues pauses entre chaque mot pour qu'elle paraisse normale. Son père retourna à son petit-déjeuner, mais sa sœur chuchota encore : « Gregor, ouvre, je t'en supplie. » Gregor, cependant, n'envisageait absolument pas d'ouvrir et loua la précaution, héritée de ses voyages, de toujours verrouiller les portes, même chez lui, durant la nuit.

Il voulait d'abord se lever calmement, sans être dérangé, s'habiller, déjeuner, puis réfléchir au reste, car, il en était certain, il ne parviendrait à aucune conclusion sensée s'il restait au lit. Il se souvint qu'il lui était déjà arrivé de ressentir au lit une légère douleur, due peut-être à une position maladroite, qui disparaissait une fois debout et se révélait imaginaire. Il était curieux de voir comment ses impressions actuelles allaient évoluer. Le changement de sa voix n'était, à ses yeux, rien d'autre qu'un symptôme annonciateur d'un gros rhume, une maladie professionnelle des voyageurs, et il n'en doutait pas le moins du monde.

Se débarrasser de la couverture fut tout simple ; il lui suffit de gonfler un peu son corps, et elle glissa d'elle-même. Mais le reste devint compliqué, surtout parce qu'il était extraordinairement large. Il aurait eu besoin de bras et de mains pour se redresser ; à la place, il n'avait que ses nombreuses petites pattes, toujours en mouvement, qu'il ne parvenait pas à contrôler. Lorsqu'il tentait d'en plier une, elle s'étendait aussitôt ; et si, enfin, il réussissait à faire ce qu'il voulait avec une patte, toutes les autres s'agitaient frénétiquement, comme si elles avaient été libérées, dans une agitation douloureuse. « Ne pas perdre son temps inutilement au lit, » se dit Gregor.

Il tenta d'abord de sortir du lit avec la partie inférieure de son corps, mais cette partie, qu'il n'avait d'ailleurs pas encore vue et dont il n'avait pas de représentation claire, se montra trop lourde et difficile à bouger ; cela avançait si lentement ; et, lorsqu'il se propulsa en avant avec toute sa force, sans réfléchir, presque fou, il se dirigea mal, heurta violemment le pied du lit, et la douleur cuisante qu'il ressentit lui apprit que la partie inférieure de son corps était peut-être la plus sensible pour l'instant.

Il tenta donc d'abord de sortir le haut de son corps du lit et tourna précautionneusement la tête vers le bord. Cette manœuvre réussit facilement, et malgré sa largeur et sa lourdeur, son corps suivit lentement le mouvement de sa tête.

Mais lorsque celle-ci fut enfin hors du lit, dans l'air libre, une crainte soudaine l'envahit à l'idée d'avancer davantage, car s'il venait à tomber ainsi, il faudrait un véritable miracle pour que sa tête ne soit pas blessée. Et en aucun cas, il ne devait perdre connaissance à cet instant précis. Il préféra donc rester dans le lit.

Cependant, après avoir repris la même position en soupirant, et observé de nouveau ses pattes s'agiter encore plus frénétiquement les unes contre les autres sans qu'il ne puisse instaurer un semblant d'ordre ou de calme, il se dit une fois encore qu'il ne pouvait absolument pas rester au lit et qu'il serait plus raisonnable de tout sacrifier, pourvu qu'il ait la moindre chance de se libérer ainsi du lit. Parallèlement, il n'oubliait pas de se rappeler qu'une réflexion calme et posée valait mieux que des décisions désespérées. À ces moments-là, il fixait intensément la fenêtre, mais hélas, la vue du brouillard matinal, qui voilait même l'autre côté de la rue étroite, n'offrait que peu de réconfort ou d'espoir. « Déjà sept heures, » se dit-il en entendant de nouveau sonner le réveil, « déjà sept heures, et toujours un tel brouillard. » Et il resta un instant immobile, respirant faiblement, comme s'il attendait que l'immobilité totale lui rende les conditions normales et évidentes de la réalité.

Puis, il se dit : « Avant qu'il ne soit sept heures quinze, je dois absolument être entièrement sorti du lit. D'ailleurs, d'ici là, quelqu'un de l'entreprise viendra sûrement pour s'informer de moi, car le bureau ouvre avant sept heures. » Et il se mit à balancer tout son corps en longueur pour glisser lentement hors du lit. S'il tombait ainsi, en gardant la tête bien redressée, celle-ci ne risquait pas d'être blessée. Son dos semblait dur ; il ne devrait pas souffrir de sa chute sur le tapis. Ce qui l'inquiétait le plus, c'était le bruit qu'il risquait de provoquer, un bruit susceptible d'effrayer ou, à tout le moins, d'inquiéter ceux qui l'entendraient derrière les portes. Mais cela devait être tenté.

Alors que Gregor était déjà à moitié hors du lit – cette nouvelle méthode ressemblait davantage à un jeu qu'à un véritable effort, car il ne faisait que se balancer par à-coups –, il pensa soudain à la simplicité qu'il y aurait si quelqu'un venait l'aider. Deux personnes robustes – il pensa à son père et à la servante – suffiraient amplement ; elles n'auraient qu'à passer leurs bras sous son dos bombé, le soulever hors du lit, plier les genoux pour supporter la charge, et simplement tolérer que son basculement se complète sur le sol, où ses pattes retrouveraient peut-être leur utilité. Mais, indépendamment du fait que les portes étaient verrouillées, aurait-il réellement dû demander de l'aide ? Malgré son désespoir, cette pensée lui arracha un sourire.

Il en était arrivé à un point où, en se balançant plus vigoureusement, il peinait à garder son équilibre, et il devait maintenant prendre une décision définitive, car il était sept heures moins dix. À cet instant, la sonnette de la porte d'entrée retentit. « C'est quelqu'un de l'entreprise, » se dit-il, et il se figea presque, tandis que ses pattes s'agitaient encore plus frénétiquement. Un instant, tout resta silencieux. « Ils n'ouvrent pas, » se dit Gregor, saisi d'un espoir insensé. Mais, comme toujours, la servante alla d'un pas ferme ouvrir la porte. Il lui suffit d'entendre la première salutation du visiteur pour savoir de qui il s'agissait : le fondé de pouvoir lui-même. Pourquoi Gregor était-il condamné à travailler dans une entreprise où la moindre omission suscitait les plus grands soupçons ? Tous les employés étaient-ils donc des vauriens, et n'y avait-il parmi eux aucun être loyal et dévoué, prêt à être rongé par des remords s'il ne consacrait même que quelques heures de moins au travail ? Ne suffisait-il pas d'envoyer un apprenti s'informer – si cette enquête était même nécessaire –, fallait-il que le fondé de pouvoir se déplace lui-même, exposant ainsi toute l'innocente famille à la conviction que seule sa perspicacité pouvait démêler une affaire aussi suspecte ? Et, davantage sous l'effet de l'agitation que ces pensées provoquaient en lui que par une réelle décision, Gregor se propulsa de toutes ses forces hors du lit. Il y eut un bruit fort, mais pas un fracas véritable. Sa chute fut un peu amortie par le tapis, et son dos se révéla plus élastique qu'il ne l'avait imaginé, produisant un bruit sourd et peu retentissant. Il n'avait cependant pas assez bien protégé sa tête, qu'il heurta violemment. Furieux et endolori, il la tourna et la frotta contre le tapis.

« Quelque chose est tombé là-dedans, » dit le fondé de pouvoir dans la pièce voisine, à gauche. Gregor s'efforça d'imaginer si une chose similaire pourrait un jour arriver à cet homme, comme cela venait de lui arriver à lui aujourd'hui ; il fallait bien admettre que c'était une possibilité. Mais comme pour répondre crûment à cette réflexion, le fondé de pouvoir fit quelques pas déterminés dans la pièce adjacente, laissant craquer ses bottes vernies. Depuis la pièce voisine à droite, la voix de sa sœur chuchota pour avertir Gregor : « Gregor, le fondé de pouvoir est là. » « Je sais, » murmura Gregor à lui-même ; mais il n'osa pas parler assez fort pour que sa sœur puisse l'entendre.

« Gregor, » dit alors le père depuis la pièce adjacente sur la gauche, « le fondé de pouvoir est venu et demande pourquoi tu n'es pas parti avec le premier train du matin. Nous ne savons pas quoi lui répondre. D'ailleurs, il veut te parler personnellement. Ouvre donc la porte, je t'en prie. Il sera bien assez indulgent pour excuser le désordre de ta chambre. »

« Bonjour, Monsieur Samsa, » intervint aimablement le fondé de pouvoir. « Il ne se sent pas bien, » dit la mère au fondé de pouvoir, tandis que le père continuait à parler derrière la porte. « Croyez-moi, Monsieur, il ne se sent pas bien. Sinon, Gregor n'aurait jamais manqué un train ! Ce garçon n'a rien d'autre en tête que son travail. Cela m'agace presque qu'il ne sorte jamais le soir ; pourtant, il est resté en ville huit jours, mais chaque soir, il était à la maison. Il s'assied à table avec nous, lit tranquillement le journal ou étudie les horaires de train. Il considère même comme un passe-temps de se consacrer à des travaux de découpe. Par exemple, en deux ou trois soirées, il a sculpté un petit cadre ; vous serez étonné de voir comme il est joli ; il est accroché dans sa chambre. Vous le verrez dès qu'il ouvrira. D'ailleurs, je suis heureuse que vous soyez ici, Monsieur. Nous n'aurions jamais réussi seuls à faire ouvrir la porte par Gregor ; il est si obstiné. Et il ne se sent certainement pas bien, même s'il l'a nié ce matin. »

« J'arrive tout de suite, » dit Gregor lentement et posément, sans bouger, afin de ne pas manquer un mot de la conversation. « Je ne vois pas d'autre explication, chère Madame, » répondit le fondé de pouvoir, « j'espère seulement que ce n'est rien de grave. Mais je dois aussi dire que, pour nous autres hommes d'affaires – que ce soit heureux ou regrettable –, un léger malaise doit souvent être surmonté par égard pour nos obligations professionnelles. »

« Alors, Monsieur, puis-je entrer ? » demanda le père, manifestement impatient, tout en frappant de nouveau à la porte.

« Non, » répondit Gregor. Un silence gênant s'installa dans la pièce de gauche, tandis qu'à droite, sa sœur se mit à sangloter.

Pourquoi sa sœur ne rejoignait-elle pas les autres ? Sans doute venait-elle tout juste de se lever et n'avait pas encore commencé à s'habiller. Mais pourquoi pleurait-elle ? Était-ce parce qu'il ne se levait pas et ne laissait pas entrer le fondé de pouvoir, qu'il risquait de perdre son emploi, et que le patron pourrait ensuite poursuivre leurs parents pour leurs dettes anciennes ? Ces craintes étaient encore inutiles pour le moment. Gregor était toujours là, et il n'avait nullement l'intention d'abandonner sa famille. À cet instant, il était allongé sur le tapis, et personne, connaissant son état, n'aurait sérieusement exigé qu'il laisse entrer le fondé de pouvoir. Pour une petite impolitesse, qui pourrait plus tard être facilement justifiée, on ne pouvait pas simplement l'expulser. Gregor trouvait d'ailleurs bien plus raisonnable de le laisser tranquille, plutôt que de le troubler par des larmes et des reproches. Mais c'était bien l'incertitude qui tourmentait les autres et justifiait leur comportement.

« Monsieur Samsa, » lança alors le fondé de pouvoir d'une voix forte, « qu'est-ce qui se passe ? Vous vous barricadez dans votre chambre, ne répondez que par oui ou non, vous causez des soucis graves et inutiles à vos parents et négligez – cela soit dit en passant – vos devoirs professionnels d'une manière proprement inouïe. Je parle ici au nom de vos parents et de votre patron, et je vous demande avec tout le sérieux possible une explication immédiate et claire. Je suis étonné, vraiment étonné. Je vous considérais comme un homme calme et raisonnable, et voilà que vous semblez soudain décidé à faire parade d'étranges caprices. Ce matin même, le patron m'a suggéré une explication possible à vos manquements – elle concernait une mission d'encaissement récemment confiée –, mais j'ai pratiquement donné ma parole d'honneur que cette hypothèse ne pouvait pas être vraie. Et maintenant, je vois votre obstination incompréhensible et perds tout désir de continuer à vous défendre, même un tant soit peu. Et votre position n'est pas la plus stable. Je comptais à l'origine vous dire tout cela en privé, mais puisque vous me faites ici perdre mon temps inutilement, je ne vois pas pourquoi vos parents ne devraient pas en être également informés. Vos performances récentes ont été très insatisfaisantes ; certes, ce n'est pas une saison propice aux affaires, nous en convenons ; mais il n'y a pas de saison pour ne rien faire du tout, Monsieur Samsa, cela ne peut pas exister. »

« Mais Monsieur le fondé de pouvoir, » s'écria Gregor, hors de lui et oubliant toute autre chose dans son agitation, « je vais ouvrir immédiatement, tout de suite. Un léger malaise, un vertige, m'ont empêché de me lever. Je suis encore au lit. Mais je vais beaucoup mieux maintenant. Je suis justement en train de sortir du lit. Un tout petit instant de patience ! Ça ne va pas aussi bien que je le pensais, mais je suis déjà en forme. Comment cela peut-il arriver à un homme ! Hier soir encore, tout allait bien, mes parents peuvent en témoigner. Ou plutôt, hier soir, j'avais une petite appréhension. On aurait dû le voir. Pourquoi ne l'ai-je pas signalé au bureau ! Mais on se dit toujours qu'on surmontera la maladie sans avoir à rester chez soi. Monsieur le fondé de pouvoir ! Épargnez mes parents ! Il n'y a aucune raison de me faire ces reproches que vous m'adressez maintenant ; d'ailleurs, on ne m'a jamais rien dit à ce sujet. Peut-être n'avez-vous pas lu mes dernières commandes. En tout cas, je partirai avec le train de huit heures, les quelques heures de repos m'ont revigoré. Ne perdez pas votre temps, Monsieur le fondé de pouvoir, je serai bientôt moi-même au bureau, et ayez l'amabilité de dire cela au patron et de me recommander à lui ! »

Et tandis que Gregor débitait tout cela à la hâte, sans savoir vraiment ce qu'il disait, il s'était approché légèrement de la commode, probablement grâce à l'expérience acquise au lit, et tentait à présent de s'y redresser. Il voulait vraiment ouvrir la porte, se montrer et parler avec le fondé de pouvoir ; il était curieux de voir comment les autres, qui le réclamaient si ardemment, réagiraient en le voyant. S'ils étaient effrayés, alors Gregor n'aurait plus aucune responsabilité et pourrait être tranquille. Mais s'ils acceptaient tout calmement, il n'aurait aucune raison de s'alarmer et pourrait, s'il se dépêchait, être à la gare pour le train de huit heures.

Il glissa plusieurs fois de la commode lisse, mais finit par donner un dernier élan et se tint debout ; il ne prêtait plus attention à la douleur dans son abdomen, bien qu'elle brûlât intensément. Il se laissa alors tomber contre le dossier d'une chaise proche, à laquelle il s'accrocha avec ses pattes. Ainsi, il reprit le contrôle de lui-même et se tut, car il pouvait maintenant écouter le fondé de pouvoir.

« Avez-vous compris ne serait-ce qu'un mot ? » demanda le fondé de pouvoir aux parents. « Il se moque de nous, n'est-ce pas ? » « Pour l'amour de Dieu, » s'écria la mère en pleurant, « il est peut-être gravement malade, et nous le tourmentons. Grete ! Grete ! » cria-t-elle ensuite. « Maman ? » répondit la sœur de l'autre côté. Ils communiquaient à travers la chambre de Gregor. « Tu dois aller chercher un médecin immédiatement. Gregor est malade. Vite, cherche un médecin. As-tu entendu Gregor parler ? » « C'était une voix d'animal, » dit le fondé de pouvoir, d'une voix étonnamment basse comparée aux cris de la mère.

« Anna ! Anna ! » appela le père depuis le vestibule en direction de la cuisine, en tapant des mains, « va chercher un serrurier immédiatement ! » Et déjà, les deux femmes couraient à travers le vestibule, leurs jupes bruissant – comment la sœur avait-elle pu s'habiller si vite ? – et ouvraient la porte d'entrée. On n'entendit même pas la porte claquer ; elles l'avaient sans doute laissée ouverte, comme cela se fait dans les maisons où un grand malheur vient de survenir.

Gregor, cependant, s'était beaucoup calmé. Bien que personne ne comprît ses mots, ils lui semblaient maintenant suffisamment clairs, peut-être en raison de l'habitude qu'il prenait de ce son. Mais on semblait croire désormais que quelque chose n'allait pas chez lui et être prêt à l'aider. La certitude et la confiance avec lesquelles les premières mesures furent prises lui firent du bien. Il se sentait de nouveau intégré au cercle humain et espérait de grandes et surprenantes actions, à la fois du médecin et du serrurier, sans vraiment distinguer les deux. Pour obtenir une voix aussi claire que possible pour les discussions cruciales à venir, il toussa légèrement, tout en s'efforçant de le faire très doucement, car il se demandait si ce bruit ne risquait pas déjà de paraître différent d'une toux humaine, une chose qu'il n'osait plus juger. Dans la pièce voisine, le silence était devenu total. Peut-être ses parents et le fondé de pouvoir étaient-ils assis autour de la table, chuchotant, ou bien tous s'étaient-ils penchés contre la porte pour écouter.

Gregor se poussa lentement, à l'aide de la chaise, jusqu'à la porte. Une fois arrivé, il laissa la chaise, se jeta contre la porte et s'y maintint debout – les coussinets de ses petites pattes étaient légèrement collants –, se reposant un instant de cet effort. Puis, il entreprit de tourner la clé dans la serrure avec sa bouche. Il constata avec regret qu'il n'avait pas de véritables dents – comment pourrait-il saisir la clé ? –, mais ses mâchoires étaient très puissantes ; avec leur aide, il parvint à faire bouger la clé, ignorant les dégâts qu'il s'infligeait probablement, car un liquide brunâtre s'échappait de sa bouche, coulait sur la clé et gouttait sur le sol.

« Écoutez donc, » dit le fondé de pouvoir dans la pièce voisine, « il est en train de tourner la clé. » Cela encouragea beaucoup Gregor ; mais tous auraient dû l'encourager davantage, y compris son père et sa mère : « Courage, Gregor, » auraient-ils dû crier, « continue, bien fermement sur la serrure ! » Et s'imaginant que tous suivaient ses efforts avec impatience, il mordit la clé de toutes ses forces, s'y cramponnant comme un forcené. Au fur et à mesure que la clé tournait, il pivotait autour de la serrure, se maintenant uniquement avec sa bouche. Selon le besoin, il se suspendait à la clé ou l'écrasait sous le poids de tout son corps. Le déclic plus aigu, annonçant que la serrure venait enfin de s'ouvrir, réveilla littéralement Gregor. Soulagé, il se dit : « Je n'ai donc pas eu besoin d'un serrurier, » et posa la tête sur la poignée pour ouvrir complètement la porte.

Comme il devait ouvrir la porte de cette manière, celle-ci était déjà largement entrouverte, bien qu'il ne fût pas encore visible. Il devait d'abord se tourner lentement autour du battant pour éviter de tomber maladroitement sur le dos en entrant dans la pièce. Occupé à ce mouvement délicat, il n'avait pas le temps de prêter attention à autre chose lorsque, soudain, il entendit le fondé de pouvoir pousser un cri sonore : « Oh ! » – un son semblable à un souffle de vent. Gregor le vit alors, le plus proche de la porte, portant une main à sa bouche ouverte et reculant lentement, comme repoussé par une force invisible et constante. La mère – qui, bien que le fondé de pouvoir fût présent, se tenait là avec les cheveux en désordre, encore décoiffés de la nuit – regarda d'abord le père avec les mains jointes, fit ensuite deux pas vers Gregor, puis s'effondra au milieu de ses jupons qui s'étalaient autour d'elle, la tête enfouie contre sa poitrine. Le père, le visage empreint d'hostilité, serra le poing comme s'il voulait repousser Gregor dans sa chambre, regarda ensuite avec hésitation autour du salon, se couvrit les yeux de ses mains et se mit à pleurer, sa large poitrine secouée de sanglots.

Gregor, toutefois, n'entra pas dans la pièce, mais s'appuya contre le battant verrouillé de la porte, si bien que seule une moitié de son corps et sa tête inclinée de côté étaient visibles tandis qu'il observait les autres. Le jour était devenu beaucoup plus clair ; de l'autre côté de la rue, un fragment du bâtiment gris-noir interminable – un hôpital – se dressait, avec ses fenêtres régulières qui perçaient nettement la façade. La pluie continuait de tomber, mais seulement en grosses gouttes visibles individuellement, projetées l'une après l'autre sur le sol. Sur la table, une abondance de vaisselle à petit-déjeuner était disposée, car, pour le père, le petit-déjeuner était le repas le plus important de la journée, auquel il consacrait des heures tout en lisant divers journaux. Sur le mur opposé, une photographie de Gregor datant de son service militaire était accrochée, le représentant en lieutenant, la main sur le sabre, arborant un sourire insouciant et inspirant respect par sa posture et son uniforme. La porte de l'antichambre était ouverte, offrant une vue sur l'entrée de l'appartement et le début de l'escalier qui descendait.

« Eh bien, » dit Gregor, pleinement conscient d'être le seul à garder son calme, « je vais m'habiller, préparer mes échantillons et partir immédiatement. Voulez-vous, voulez-vous me laisser partir ? Alors, monsieur le fondé de pouvoir, voyez-vous, je ne suis pas obstiné et j'aime mon travail ; voyager est pénible, mais je ne pourrais pas vivre sans cela. Où allez-vous donc, monsieur le fondé de pouvoir ? Au bureau ? Oui ? Allez-vous rapporter fidèlement tout ce que vous avez vu ? On peut être momentanément incapable de travailler, mais c'est justement dans ces moments qu'il faut se rappeler des performances passées et envisager qu'après la disparition de l'obstacle, on travaillera avec encore plus d'assiduité et de concentration. Je suis si redevable envers notre patron, vous le savez bien. D'un autre côté, j'ai la responsabilité de mes parents et de ma sœur. Je suis dans une impasse, mais je m'en sortirai. Ne me compliquez pas la tâche plus qu'elle ne l'est déjà. Prenez mon parti au bureau ! On n'aime pas les voyageurs, je le sais. On pense qu'ils gagnent une fortune et mènent une belle vie. On n'a aucune raison de remettre en question ce préjugé. Mais vous, monsieur le fondé de pouvoir, vous avez une vue d'ensemble bien meilleure que le reste du personnel, voire, entre nous, meilleure que celle de notre patron lui-même, qui, en tant qu'entrepreneur, se laisse facilement influencer à l'encontre d'un employé. Vous savez également très bien que le voyageur, absent presque toute l'année, est facilement victime de calomnies, d'aléas et de plaintes infondées contre lesquelles il ne peut se défendre, car il n'en a généralement pas connaissance et n'en perçoit les conséquences désastreuses qu'à son retour, épuisé, à la maison. Monsieur le fondé de pouvoir, ne partez pas sans me dire un mot pour me montrer que, sur au moins un petit point, vous êtes d'accord avec moi ! »

Mais le fondé de pouvoir s'était déjà détourné aux premiers mots de Gregor et, par-dessus son épaule qui tressaillait, lui lança un dernier regard avec les lèvres pincées. Et tout en parlant, il ne s'était pas arrêté un seul instant, se retirant lentement vers la porte, sans cesser de fixer Gregor, comme s'il y avait un interdit secret à franchir cette pièce. Déjà, il était dans l'antichambre et, par le mouvement soudain avec lequel il retira son pied du salon, on aurait pu croire qu'il venait de se brûler la semelle. Dans l'antichambre, il tendit la main droite vers l'escalier, comme si une délivrance quasi divine l'attendait là.

Gregor comprit qu'il ne devait en aucun cas laisser le fondé de pouvoir partir dans cet état d'esprit, au risque de mettre sa position au bureau en péril. Ses parents ne saisissaient pas tout cela aussi bien ; ils s'étaient convaincus, au fil des années, que Gregor était assuré d'un avenir stable dans son poste, et leurs préoccupations actuelles étaient telles qu'ils manquaient de toute prévoyance. Mais Gregor, lui, avait cette prévoyance. Il fallait retenir, apaiser, convaincre et finalement rallier le fondé de pouvoir ; de cela dépendaient l'avenir de Gregor et celui de sa famille ! Si seulement sa sœur avait été là ! Elle était perspicace ; elle avait déjà pleuré lorsque Gregor était encore allongé calmement sur le dos. Et, sans aucun doute, le fondé de pouvoir, cet homme friand de la compagnie des dames, aurait été influencé par elle ; elle aurait refermé la porte d'entrée et dissipé ses inquiétudes dans l'antichambre. Mais sa sœur n'était pas là ; Gregor devait agir lui-même.

Sans penser au fait qu'il ignorait encore ses capacités actuelles de mouvement, et sans penser non plus que ses paroles risquaient, ou même étaient probablement, incompréhensibles, il quitta le battant de la porte, se glissa par l'ouverture, voulut s'approcher du fondé de pouvoir qui, ridicule, s'accrochait déjà à la rampe du palier avec ses deux mains ; mais il trébucha aussitôt, cherchant un appui, et s'effondra avec un petit cri sur ses nombreuses pattes. À peine cela s'était-il produit qu'il ressentit pour la première fois ce matin-là un bien-être physique : ses pattes reposaient fermement sur le sol, elles obéissaient parfaitement, comme il s'en rendit compte avec joie, et cherchaient même à le transporter là où il le voulait. Déjà, il croyait que la guérison définitive de tous ses maux était imminente. Mais à ce moment précis, alors qu'il se balançait légèrement, immobile, non loin de sa mère, allongé à même le sol en face d'elle, celle-ci, plongée en elle-même, sursauta brusquement, leva les bras, écartant les doigts, et s'écria : « Au secours, au secours, au nom du ciel ! » Elle inclina la tête comme pour mieux voir Gregor, mais se mit à courir dans une direction insensée ; oubliant qu'une table dressée se trouvait derrière elle, elle se laissa tomber, comme désorientée, sur cette table et sembla ne pas remarquer que, juste à côté d'elle, une grande cafetière renversée déversait son contenu en un flot continu sur le tapis.

« Maman, maman, » dit doucement Gregor en levant les yeux vers elle. Le fondé de pouvoir avait momentanément disparu de ses pensées ; à la place, il ne put s'empêcher de claquer plusieurs fois des mâchoires dans le vide en fixant le café qui coulait. Sa mère poussa un nouveau cri, recula précipitamment de la table et se réfugia dans les bras de son mari qui accourait vers elle. Mais Gregor n'avait plus de temps à consacrer à ses parents ; le fondé de pouvoir était déjà sur l'escalier, son menton posé sur la rampe, et il se retourna une dernière fois avant de disparaître. Gregor s'élança pour tenter de le rattraper, mais le fondé de pouvoir, ayant visiblement pressenti quelque chose, sauta plusieurs marches à la fois et disparut en criant : « Huh ! » Ce cri résonna dans toute la cage d'escalier.

Malheureusement, cette fuite du fondé de pouvoir sembla complètement désorienter le père, qui jusque-là avait gardé un certain calme. Au lieu de le poursuivre lui-même ou au moins de ne pas gêner Gregor dans sa tentative, il s'empara de la canne que le fondé de pouvoir avait laissée sur une chaise avec son chapeau et son manteau, attrapa un grand journal posé sur la table avec sa main libre, et, martelant le sol de ses pas, entreprit de repousser Gregor dans sa chambre en agitant le bâton et le journal. Aucun des supplications de Gregor ne servit à rien, elles ne furent même pas comprises ; il avait beau incliner humblement la tête, son père tapait des pieds de plus en plus fort.

De l'autre côté, sa mère, malgré le temps frais, avait ouvert une fenêtre et, penchée dehors, pressait son visage contre ses mains. Une forte courant d'air s'engouffra entre la rue et l'escalier ; les rideaux volèrent, les journaux sur la table s'agitèrent, et quelques feuilles s'envolèrent au sol. Implacable, le père continuait de pousser Gregor, émettant des sifflements semblables à ceux d'un sauvage. Mais Gregor n'avait absolument aucune expérience pour reculer ; cela allait extrêmement lentement. S'il avait pu se retourner, il aurait pu regagner sa chambre en un instant, mais il craignait que la lenteur de sa manœuvre n'impatiente son père, et il redoutait à chaque instant un coup fatal du bâton sur son dos ou sa tête. Finalement, Gregor n'eut d'autre choix que de tenter le retournement, car, avec horreur, il constata qu'il ne parvenait même pas à maintenir une direction précise en reculant.

Tournant la tête avec des regards anxieux vers son père, il commença à se retourner aussi rapidement que possible, ce qui restait très lent. Peut-être son père remarqua-t-il sa bonne volonté, car il ne le dérangea pas durant la manœuvre, allant même jusqu'à guider ses mouvements de loin avec la pointe de son bâton.

Ah, si seulement ces insupportables sifflements du père avaient cessé ! Gregor en perdit complètement la tête. Alors qu'il était presque complètement tourné, il fit une erreur en s'y prenant mal et revint même légèrement en arrière. Mais lorsqu'il fut enfin en position pour passer la tête par l'ouverture de la porte, il s'avéra que son corps était trop large pour passer. Dans son état actuel, le père n'eut évidemment pas l'idée d'ouvrir le second battant de la porte pour faciliter le passage. Son obsession était que Gregor entre dans sa chambre au plus vite. Il n'aurait jamais toléré les préparatifs nécessaires pour que Gregor se redresse et passe de cette façon. Au contraire, il poussait Gregor en avant avec un vacarme redoublé, comme si aucun obstacle n'existait. La voix du père ne ressemblait même plus à celle d'un homme seul ; la situation n'avait plus rien d'un jeu. Résolu, Gregor s'engouffra dans l'ouverture, coûte que coûte. Une partie de son corps se leva, il se retrouva de travers dans l'encadrement de la porte, un flanc totalement éraflé, laissant de vilaines traces sur la porte blanche. Il se retrouva coincé, incapable de bouger seul, ses pattes d'un côté suspendues en l'air et celles de l'autre douloureusement écrasées au sol.

À ce moment, son père lui administra un coup puissant, véritablement libérateur, et Gregor vola, saignant abondamment, loin dans sa chambre. La porte fut refermée d'un coup de bâton, et enfin le silence retomba.

II

Ce ne fut qu'au crépuscule que Gregor se réveilla de son sommeil lourd, semblable à une perte de conscience. Il se serait sans doute réveillé peu après, même sans interruption, car il se sentait suffisamment reposé et rafraîchi, mais il lui sembla qu'un pas furtif et la fermeture précautionneuse de la porte menant à l'antichambre l'avaient tiré de son sommeil. La lumière pâle des lampadaires électriques de la rue se reflétait par endroits sur le plafond et les parties supérieures des meubles, mais en bas, là où se trouvait Gregor, tout était plongé dans l'obscurité. Lentement, encore maladroit, il se dirigea en tâtonnant avec ses antennes qu'il commençait seulement à apprécier, vers la porte pour voir ce qui s'était passé. Son flanc gauche semblait n'être qu'une longue cicatrice tendue et désagréable, et il boitait, contraint de s'appuyer sur deux rangées de pattes. L'une de ses petites pattes, gravement blessée lors des événements du matin, pendait inerte, presque miraculeusement la seule touchée.

Ce ne fut qu'en atteignant la porte qu'il comprit ce qui l'avait attiré jusque-là : c'était l'odeur de nourriture. Un bol de lait sucré, où flottaient de petites tranches de pain blanc, était posé à cet endroit. Il faillit éclater de joie, car il avait encore plus faim que le matin, et plongea immédiatement sa tête presque jusqu'aux yeux dans le lait. Mais il la retira bientôt, déçu : non seulement sa position inconfortable à cause de son flanc douloureux rendait le repas difficile – il ne pouvait manger que si tout son corps participait en haletant –, mais le lait, son breuvage préféré, sans doute choisi exprès par sa sœur, ne lui plaisait plus du tout. Presque avec dégoût, il s'éloigna du bol et se traîna jusqu'au centre de la pièce.

Dans le salon, comme Gregor pouvait le voir par l'entrebâillement de la porte, le gaz était allumé, mais alors que son père avait l'habitude à cette heure de lire à haute voix le journal de l'après-midi à sa mère et parfois à sa sœur, aucun son ne se faisait entendre. Peut-être cette habitude, dont sa sœur lui parlait et lui écrivait souvent, s'était-elle perdue récemment. Tout autour, le silence régnait, bien que l'appartement ne fût sûrement pas vide. « Quelle vie calme mène donc ma famille, » se dit Gregor, et tandis qu'il fixait le noir avec insistance, il éprouva une grande fierté d'avoir permis à ses parents et à sa sœur de mener une existence aussi paisible dans un appartement si agréable. Mais que se passerait-il si maintenant toute cette tranquillité, tout ce bien-être, toute cette satisfaction prenaient fin dans l'horreur ? Pour ne pas se perdre dans de telles pensées, Gregor préféra bouger et se mit à ramper dans sa chambre.

Une fois, au cours de cette longue soirée, une des deux portes latérales s'entrouvrit légèrement, puis se referma aussitôt ; quelqu'un semblait avoir voulu entrer mais hésitait trop. Gregor s'approcha de la porte du salon, résolu à attirer le visiteur hésitant ou au moins à découvrir de qui il s'agissait, mais la porte ne se rouvrit plus, et Gregor attendit en vain. Le matin, quand les portes étaient fermées à clé, tout le monde voulait entrer chez lui ; maintenant qu'il en avait ouvert une et que les autres avaient visiblement été déverrouillées dans la journée, plus personne ne venait, et les clés étaient désormais tournées de l'extérieur.

Ce ne fut que tard dans la nuit que la lumière du salon s'éteignit, et Gregor comprit facilement que ses parents et sa sœur étaient restés éveillés jusque-là, car on pouvait nettement entendre leurs pas feutrés qui s'éloignaient chacun dans une direction. Plus personne ne viendrait avant le matin ; il avait donc une longue période devant lui pour réfléchir tranquillement à la manière de réorganiser sa vie. Pourtant, cette grande pièce vide, où il était contraint de rester à plat ventre, l'effrayait sans qu'il en comprenne la raison, car c'était sa chambre depuis cinq ans déjà. D'un mouvement à demi inconscient et non sans une légère honte, il se réfugia sous le canapé, où, bien que son dos fût un peu comprimé et qu'il ne pût plus lever la tête, il se sentit immédiatement très à l'aise. Il ne regretta qu'une chose : que son corps fût trop large pour tenir complètement sous le canapé.

Là où il était, il passa toute la nuit, en partie dans un demi-sommeil, sans cesse réveillé par la faim, et en partie plongé dans des soucis et des espoirs vagues, qui cependant aboutirent tous à la conclusion qu'il devait se comporter calmement pour l'instant et, par sa patience et sa plus grande considération envers sa famille, rendre supportables les désagréments qu'il était désormais contraint de lui imposer dans son état actuel.

Déjà tôt le matin, presque encore nuit, Gregor eut l'occasion de mettre à l'épreuve la force de ses nouvelles résolutions, car sa sœur, presque entièrement habillée, ouvrit la porte depuis le vestibule et jeta un coup d'œil attentif à l'intérieur. Elle ne le vit pas immédiatement, mais lorsqu'elle le repéra sous le canapé – où pourrait-il être d'autre, il ne pouvait tout de même pas s'envoler –, elle fut si effrayée qu'elle referma la porte de l'extérieur sans pouvoir se maîtriser. Mais, comme si elle regrettait son comportement, elle ouvrit aussitôt la porte à nouveau et entra, sur la pointe des pieds, comme si elle visitait un malade gravement atteint ou un étranger. Gregor avait avancé la tête jusqu'au bord du canapé et l'observait. Se rendrait-elle compte qu'il avait laissé le bol de lait intact, non par manque d'appétit, et lui apporterait-elle autre chose de plus approprié ? Si elle ne le faisait pas d'elle-même, il préférait mourir de faim plutôt que de le lui signaler, bien qu'il ait un besoin désespéré de se précipiter hors du canapé, de se jeter à ses pieds et de lui demander quelque chose de bon à manger. Mais sa sœur remarqua immédiatement, avec surprise, que le bol était encore plein, avec juste un peu de lait renversé tout autour. Elle le ramassa aussitôt, non pas avec ses mains nues mais avec un chiffon, et l'emporta. Gregor était extrêmement curieux de savoir ce qu'elle apporterait en remplacement, et il se perdit dans toutes sortes de conjectures. Mais jamais il n'aurait pu deviner ce que sa sœur fit réellement dans sa bonté. Pour tester ses goûts, elle lui apporta tout un assortiment, étalé sur un vieux journal : des légumes à moitié pourris ; des os du dîner de la veille, entourés de sauce blanche durcie ; quelques raisins secs et amandes ; un morceau de fromage, que Gregor avait jugé immangeable il y a deux jours ; un morceau de pain sec ; un morceau de pain beurré et salé. Elle posa en plus à côté, probablement pour Gregor une fois pour toutes, un bol dans lequel elle avait versé de l'eau. Puis, par délicatesse, sachant que Gregor ne mangerait pas devant elle, elle s'éloigna rapidement et ferma même la porte à clé, pour que Gregor puisse se sentir parfaitement à l'aise. Les petites pattes de Gregor s'agitaient lorsqu'il s'approcha pour manger. Ses blessures devaient également être complètement guéries, il ne ressentait plus aucune gêne, il en était stupéfait et pensa à la façon dont il s'était à peine coupé un doigt avec un couteau il y a plus d'un mois, et comment cette blessure lui avait encore fait mal l'avant-veille.

« Serais-je devenu moins sensible ? », se demanda-t-il en aspirant déjà avidement le fromage, vers lequel il avait été immédiatement et irrésistiblement attiré avant toutes les autres nourritures. Rapidement et avec des larmes de satisfaction aux yeux, il dévora le fromage, les légumes et la sauce ; en revanche, les aliments frais ne lui plaisaient pas, il ne supportait même pas leur odeur et éloignait même les morceaux qu'il voulait manger un peu plus loin. Il avait depuis longtemps tout terminé et était maintenant allongé paresseusement au même endroit, quand sa sœur, pour lui faire comprendre qu'il devait se retirer, tourna lentement la clé dans la serrure. Cela le réveilla immédiatement, bien qu'il fût presque assoupi, et il se précipita de nouveau sous le canapé. Mais il lui fallut un grand effort pour rester sous le canapé même pendant le court moment où sa sœur était dans la pièce, car après ce repas copieux, son corps s'était un peu arrondi et il pouvait à peine respirer dans cet espace étroit. Suffoquant légèrement, il observait avec des yeux légèrement saillants comment sa sœur, inconsciente, balayait non seulement les restes avec un balai, mais aussi les aliments que Gregor n'avait même pas touchés, comme s'ils n'étaient plus utilisables, et comment elle jetait le tout dans un seau qu'elle recouvrait d'un couvercle en bois, avant de tout emporter hors de la pièce. À peine avait-elle tourné le dos que Gregor se glissa déjà hors de sous le canapé et s'étira.

Ainsi, Gregor reçut désormais sa nourriture quotidiennement, une fois le matin, lorsque ses parents et la bonne dormaient encore, et une autre fois après le déjeuner commun, car à ce moment-là, ses parents faisaient également une petite sieste, et la bonne était envoyée faire une commission par sa sœur. Il était certain qu'ils ne voulaient pas que Gregor meure de faim, mais peut-être ne pouvaient-ils pas supporter d'en savoir plus que ce que leur rapportait sa sœur sur ses repas. Peut-être aussi que sa sœur cherchait à leur épargner une peine, même minime, car ils en souffraient déjà assez.

Avec quelles excuses on avait renvoyé le médecin et le serrurier de l'appartement ce premier matin, Gregor ne put jamais le savoir, car comme il n'était pas compris, personne, pas même sa sœur, ne pensait qu'il pouvait comprendre les autres. Ainsi devait-il se contenter, lorsque sa sœur entrait dans sa chambre, de percevoir ici et là ses soupirs et ses invocations aux saints. Ce ne fut que plus tard, lorsqu'elle s'était un peu habituée à la situation – bien qu'une adaptation complète fût évidemment hors de question –, que Gregor surprit parfois une remarque bienveillante ou susceptible d'être interprétée ainsi. « Aujourd'hui, cela lui a bien plu », disait-elle lorsque Gregor avait mangé avec appétit, tandis qu'en cas contraire, phénomène qui se répétait de plus en plus souvent, elle disait presque tristement : « Tout est encore resté là. »

Mais bien que Gregor ne pût rien apprendre directement, il captait beaucoup de choses dans les pièces voisines, et dès qu'il entendait une conversation, il se précipitait vers la porte concernée et s'y pressait de tout son corps. Surtout au début, il n'y avait pas de discussion qui, d'une manière ou d'une autre, même secrètement, ne portât sur lui. Pendant deux jours, à chaque repas, des débats eurent lieu sur la conduite à adopter, et même entre les repas, on parlait du même sujet, car il y avait toujours au moins deux membres de la famille à la maison, personne ne voulant rester seul, et il était inconcevable de quitter entièrement l'appartement. Dès le premier jour, la domestique – il n'était pas clair ce qu'elle savait ou avait compris de l'événement – supplia à genoux la mère de la congédier sur-le-champ, et une quinzaine de minutes plus tard, elle quittait les lieux en larmes, remerciant pour ce congé comme pour la plus grande faveur qu'on lui eût accordée, et prononçant, sans qu'on le lui demandât, un serment effrayant de ne rien révéler à quiconque.

La sœur dut désormais cuisiner avec la mère ; toutefois, cela ne nécessitait pas beaucoup d'efforts, car presque personne ne mangeait. Gregor entendait sans cesse l'un inviter l'autre à manger, mais la réponse se limitait à un « Merci, j'ai assez » ou quelque chose de semblable. Peut-être ne buvait-on même rien. Souvent, la sœur demandait au père s'il voulait de la bière, offrant avec empressement d'aller elle-même en chercher. Et lorsque le père gardait le silence, elle ajoutait, pour le rassurer, qu'elle pouvait aussi envoyer la concierge. Mais le père répondait finalement un « Non » retentissant, et il n'était plus question de cela.

Dès le premier jour, le père exposa à la mère et à la sœur l'ensemble de la situation financière et des perspectives. Il se levait de temps à autre de la table pour aller chercher, dans son petit coffre-fort Wertheim, qu'il avait sauvé lors de la faillite de son entreprise cinq ans auparavant, un document ou un carnet de notes. On l'entendait ouvrir la serrure complexe, en sortir ce qu'il cherchait, puis refermer. Ces explications du père furent pour Gregor la première chose réconfortante qu'il entendit depuis son emprisonnement. Il avait toujours cru que rien ne restait de l'ancien commerce du père, du moins ce dernier ne lui avait jamais dit le contraire, et Gregor ne l'avait jamais interrogé à ce sujet. À l'époque, son unique préoccupation avait été de tout faire pour que la famille oublie aussi rapidement que possible la catastrophe commerciale qui les avait plongés dans le désespoir absolu. Il s'était alors investi avec une ardeur particulière dans son travail et était devenu, presque du jour au lendemain, d'un simple commis, un voyageur de commerce, avec des opportunités bien supérieures de gagner de l'argent, transformant ses succès en revenus sous forme de commissions qu'il déposait sur la table de la famille, étonnée et ravie.

Ces temps furent heureux et ne se reproduisirent jamais dans un éclat similaire, bien que Gregor gagnât par la suite suffisamment pour subvenir aux besoins de toute la famille et le fît effectivement. On s'y était habitué, aussi bien la famille que Gregor lui-même : on recevait l'argent avec reconnaissance, et il le remettait de bon cœur, mais il n'y avait plus de chaleur particulière. Seule la sœur resta proche de Gregor. Il avait secrètement projeté de l'envoyer, elle qui aimait tant la musique et jouait du violon avec une touchante sensibilité, au conservatoire l'année suivante, quelles qu'en soient les dépenses, qui seraient couvertes d'une manière ou d'une autre. Durant les courts séjours de Gregor en ville, le sujet du conservatoire revenait parfois dans leurs conversations, mais toujours comme un beau rêve, irréalisable. Les parents, même, n'appréciaient pas ces mentions innocentes. Mais Gregor y pensait fermement et envisageait de l'annoncer solennellement la veille de Noël.

Ces pensées, complètement inutiles dans son état actuel, traversèrent son esprit alors qu'il restait debout, collé contre la porte, à écouter. Parfois, à cause de la fatigue générale, il ne pouvait plus prêter attention et laissait sa tête heurter négligemment la porte, mais il la relevait aussitôt, car même le léger bruit qu'il provoquait ainsi était perçu de l'autre côté et faisait taire tout le monde. « Que fabrique-t-il encore ? » dit le père après un moment, apparemment en se tournant vers la porte, et ce ne fut qu'ensuite que la conversation interrompue reprit peu à peu.

Gregor apprit alors en détail — car son père avait l'habitude de se répéter souvent dans ses explications, en partie parce qu'il n'avait pas traité de ces questions depuis longtemps, et en partie parce que la mère ne comprenait pas tout du premier coup — que, malgré tout le malheur, il restait un tout petit patrimoine de l'époque passée, que les intérêts non utilisés avaient légèrement fait fructifier au fil des ans. De plus, l'argent que Gregor rapportait chaque mois à la maison — il ne gardait que quelques florins pour lui-même — n'avait pas été entièrement dépensé et s'était accumulé en un petit capital. Gregor, derrière sa porte, hochait vivement la tête, ravi par cette prudence et cette économie inattendues. En réalité, il aurait pu utiliser cet argent excédentaire pour rembourser encore davantage la dette de son père envers le patron, et ce jour où il aurait pu se débarrasser de cette obligation aurait été bien plus proche. Mais il était sans doute préférable, désormais, que les choses aient été arrangées ainsi par le père.

Cependant, cet argent ne suffisait absolument pas pour faire vivre la famille des seuls intérêts ; il pouvait peut-être permettre de subsister pendant un an, tout au plus deux, mais pas davantage. Ce n'était donc qu'une somme qu'il ne fallait pas toucher et qui devait être mise de côté pour les urgences ; l'argent pour vivre devait être gagné. Mais le père, bien qu'en bonne santé, était un homme âgé qui n'avait pas travaillé depuis cinq ans et ne pouvait certainement pas se permettre beaucoup ; pendant ces cinq années, les premières vacances de sa vie difficile et infructueuse, il avait pris beaucoup d'embonpoint, ce qui le rendait plutôt lourd. Et la vieille mère devrait-elle maintenant gagner de l'argent, elle qui souffrait d'asthme, pour qui un simple déplacement dans l'appartement était déjà un effort, et qui passait tous les deux jours à bout de souffle sur le canapé, près de la fenêtre ouverte ? Et la sœur devrait-elle travailler, elle qui n'était qu'une enfant de dix-sept ans, et dont on devait apprécier le mode de vie jusque-là si plaisant, consistant à bien s'habiller, à dormir longtemps, à aider aux tâches ménagères, à participer à quelques plaisirs modestes et surtout à jouer du violon ? Chaque fois qu'il était question de cette nécessité de gagner de l'argent, Gregor lâchait toujours d'abord la porte et se jetait sur le canapé de cuir frais situé à côté de la porte, tant il était brûlant de honte et de tristesse.

Il restait souvent là toute la nuit, sans fermer l'œil, grattant simplement le cuir pendant des heures. Ou bien, il ne reculait pas devant le grand effort de pousser une chaise jusqu'à la fenêtre, d'escalader le rebord de celle-ci et, en s'appuyant contre la chaise, de se pencher à la fenêtre, apparemment dans un vague souvenir de l'impression libératrice que lui procurait autrefois le fait de regarder dehors. Car, en réalité, il voyait de jour en jour de moins en moins distinctement même les objets légèrement éloignés ; l'hôpital d'en face, dont la vue si fréquente l'avait autrefois exaspéré, avait disparu de son champ de vision, et s'il n'avait pas su avec certitude qu'il vivait dans la rue paisible mais entièrement urbaine

Charlottenstraße, il aurait pu croire qu'il regardait une solitude où ciel gris et terre grise se confondaient indistinctement. Seulement deux fois la sœur avait-elle dû remarquer que la chaise était placée près de la fenêtre, car chaque fois, après avoir nettoyé la chambre, elle poussait la chaise précisément vers la fenêtre, allant même jusqu'à laisser désormais le battant intérieur de la fenêtre ouvert.

Si seulement Gregor avait pu parler avec sa sœur et la remercier pour tout ce qu'elle devait faire pour lui, il aurait mieux supporté ses services ; mais, ne le pouvant pas, il en souffrait. Certes, sa sœur s'efforçait de rendre la situation moins pénible, et plus le temps passait, mieux elle y parvenait naturellement ; mais Gregor, à son tour, comprenait avec le temps bien plus précisément tout ce qui se passait. Dès son entrée, c'était une épreuve pour lui. À peine avait-elle ouvert la porte, elle se précipitait, sans prendre le temps de la refermer, bien qu'elle veille toujours à épargner à tout le monde la vue de la chambre de Gregor, directement vers la fenêtre, qu'elle ouvrait précipitamment, comme si elle suffoquait, même s'il faisait très froid dehors, et elle y restait un moment à respirer profondément. Ce mouvement et ce bruit effrayaient Gregor deux fois par jour ; tout le temps, il tremblait sous le canapé, sachant pourtant très bien qu'elle aurait aimé lui épargner cela si elle avait seulement pu supporter de rester dans une pièce avec Gregor à la fenêtre fermée.

Un jour, cela faisait déjà environ un mois que Gregor avait subi sa métamorphose, et il n'était plus pour sa sœur un sujet d'étonnement particulier, elle arriva un peu plus tôt que d'habitude et le surprit encore immobile, planté devant la fenêtre, regardant dehors. Gregor n'aurait pas été surpris qu'elle n'entre pas, car sa position empêchait d'ouvrir immédiatement la fenêtre ; mais non seulement elle n'entra pas, mais elle recula brusquement et ferma la porte, si bien qu'un étranger aurait pu penser que Gregor l'avait guettée et voulait la mordre. Gregor se cacha bien sûr immédiatement sous le canapé, mais il dut attendre jusqu'à midi avant que sa sœur ne revienne, et elle semblait beaucoup plus agitée que d'habitude. Il comprit ainsi que sa vue lui restait insupportable et le resterait toujours, et qu'elle devait faire un effort immense pour ne pas s'enfuir même à la vue d'une petite partie de son corps dépassant de sous le canapé. Pour lui épargner cela aussi, il entreprit un jour de tirer une étoffe sur le canapé – il lui fallut quatre heures pour cela – et de l'arranger de telle manière qu'il soit entièrement dissimulé, de sorte que même si elle se penchait, elle ne pourrait le voir. Si elle avait jugé ce tissu inutile, elle aurait pu le retirer, car il était clair qu'il n'était pas dans le plaisir de Gregor de s'enfermer ainsi complètement. Mais elle laissa le tissu tel quel, et Gregor crut même percevoir un regard de gratitude lorsqu'il souleva légèrement le tissu de la tête pour observer comment elle accueillait cette nouvelle disposition.

Durant les quatorze premiers jours, les parents ne purent se résoudre à entrer dans sa chambre, et Gregor entendait souvent combien ils reconnaissaient désormais le travail de sa sœur, alors qu'ils s'étaient auparavant souvent agacés contre elle, la trouvant un peu inutile. Mais à présent, les deux parents, le père et la mère, attendaient souvent devant la porte de la chambre pendant que la sœur faisait le ménage, et à peine était-elle sortie qu'elle devait leur raconter en détail à quoi ressemblait la pièce, ce que Gregor avait mangé, comment il s'était comporté cette fois, et si l'on pouvait observer une amélioration, ne serait-ce que minime. La mère, d'ailleurs, souhaitait relativement vite rendre visite à Gregor, mais le père et la sœur l'en dissuadaient d'abord avec des arguments raisonnables, auxquels Gregor prêtait une grande attention et qu'il approuvait pleinement. Plus tard, cependant, il fallut la retenir de force, et lorsqu'elle criait : « Laissez-moi aller auprès de Gregor, c'est mon fils malheureux ! Ne comprenez-vous pas que je dois le voir ? », Gregor pensait qu'il serait peut-être effectivement bon que sa mère entre, non pas chaque jour bien sûr, mais peut-être une fois par semaine ; elle comprenait tout beaucoup mieux que la sœur, qui, malgré tout son courage, n'était encore qu'une enfant et avait peut-être assumé cette tâche écrasante par simple insouciance enfantine.

Le souhait de Gregor de voir sa mère fut bientôt exaucé. Durant la journée, par considération pour ses parents, il ne voulait pas se montrer à la fenêtre, mais il ne pouvait guère ramper sur les quelques mètres carrés du sol, et il supportait mal de rester allongé sans bouger, même la nuit. La nourriture ne lui apportait bientôt plus le moindre plaisir, et il prit l'habitude, pour se distraire, de ramper en tous sens sur les murs et le plafond. Il aimait particulièrement rester suspendu au plafond ; c'était très différent que de rester allongé sur le sol : il respirait plus librement ; une légère oscillation parcourait son corps ; et dans l'état de quasi-heureuse distraction qu'il éprouvait là-haut, il arrivait qu'il se détachât, à sa propre surprise, et tombât à terre. Mais désormais, il maîtrisait son corps tout autrement qu'auparavant et ne se blessait pas même lors d'une telle chute. La sœur remarqua tout de suite ce nouveau divertissement que Gregor s'était trouvé – il laissait d'ailleurs ici et là des traces de sa substance gluante en rampant –, et elle décida alors qu'il lui fallait offrir à Gregor l'espace le plus vaste possible pour ramper en dégageant les meubles qui l'en empêchaient, en particulier l'armoire et le bureau.

Maintenant, elle n'était pas capable de le faire seule ; elle n'osait pas demander de l'aide au père ; la bonne ne lui aurait certainement pas prêté main forte, car cette jeune fille d'environ seize ans, qui était restée courageusement à son poste après le départ de l'ancienne cuisinière, avait demandé la permission de garder la cuisine constamment verrouillée et de ne l'ouvrir que sur appel exprès ; il ne restait donc à la sœur d'autre choix que d'aller chercher la mère une fois le père absent. La mère accourut avec des exclamations de joie émue, mais s'arrêta, frappée de stupeur, à la porte de la chambre de Gregor. Tout d'abord, la sœur vérifia si tout dans la chambre était en ordre ; ce n'est qu'alors qu'elle laissa entrer la mère. Gregor, en toute hâte, avait tiré le drap plus profondément et plié davantage les bords ; l'ensemble ressemblait vraiment à un drap simplement jeté sur le canapé. Gregor s'abstint aussi cette fois de surveiller en dessous du drap ; il renonça à voir la mère dès maintenant et se réjouit simplement qu'elle soit venue. « Entre seulement, on ne le voit pas, » dit la sœur, et elle guida manifestement la mère par la main. Gregor entendit alors les deux femmes, malgré leur faible constitution, déplacer l'armoire ancienne et lourde, et comment la sœur insistait constamment pour assumer la plus grande partie du travail sans prêter attention aux avertissements de la mère, qui craignait qu'elle ne se fatigue trop. Cela prit énormément de temps. Après un quart d'heure environ, la mère déclara qu'il valait mieux laisser l'armoire où elle était, car, premièrement, elle était trop lourde, elles n'auraient pas fini avant le retour du père, et avec l'armoire au milieu de la chambre, Gregor serait gêné dans tous ses mouvements ; deuxièmement, il n'était pas du tout certain que Gregor trouverait agréable que les meubles soient retirés. À son avis, c'était même le contraire ; la vue du mur nu lui pesait sur le cœur ; et pourquoi Gregor ne ressentirait-il pas la même chose, lui qui était habitué depuis longtemps aux meubles et se sentirait probablement abandonné dans une pièce vide.

« Et n'est-ce pas comme si, » murmura la mère à voix basse, comme si elle voulait éviter que Gregor, dont elle ignorait l'emplacement exact, entende même le son de sa voix – elle était convaincue qu'il ne comprenait pas les mots –, « et n'est-ce pas comme si en enlevant les meubles, nous montrions que nous abandonnons tout espoir d'amélioration et que nous le livrons impitoyablement à lui-même ? Je pense qu'il serait préférable de chercher à maintenir la chambre exactement dans l'état où elle était autrefois, afin que Gregor, s'il revient parmi nous, retrouve tout inchangé et puisse

d'autant plus facilement oublier cette période intermédiaire.
»

En entendant ces mots de sa mère, Gregor comprit que le manque de tout contact humain direct, associé à la monotonie de la vie familiale, avait dû perturber son esprit au cours de ces deux mois, car il ne pouvait expliquer autrement qu'il ait sérieusement souhaité que sa chambre soit vidée. Avait-il réellement envie de transformer cette chambre chaleureuse, meublée confortablement avec des meubles hérités, en une caverne où il pourrait ramper sans être dérangé, mais où il oublierait aussi rapidement et complètement son passé humain ? Il était déjà si proche de l'oubli, et seule la voix de sa mère, qu'il n'avait pas entendue depuis longtemps, l'avait réveillé. Rien ne devait être retiré ; tout devait rester ; les effets bénéfiques des meubles sur son état lui étaient indispensables ; et si les meubles l'empêchaient de ramper sans but, ce n'était pas un mal, mais un grand avantage.

Mais la sœur avait malheureusement un autre avis ; elle s'était habituée, et ce n'était pas totalement injustifié, à se présenter auprès des parents comme une experte des affaires de Gregor, et ainsi, le conseil de la mère était pour la sœur une raison suffisante pour insister non seulement sur le retrait de l'armoire et du bureau, auxquels elle avait initialement pensé seule, mais aussi sur l'élimination de tous les meubles, à l'exception du canapé indispensable. Bien sûr, ce n'était pas uniquement par caprice enfantin ou par la confiance en soi durement acquise ces derniers temps qu'elle formulait cette exigence ; elle avait également observé que

Gregor avait besoin de beaucoup d'espace pour ramper, tandis que les meubles, autant qu'on pouvait le voir, ne servaient en rien. Peut-être aussi l'imagination exaltée des jeunes filles de son âge, qui trouve à se satisfaire à toute occasion, avait-elle joué un rôle, et cela avait poussé Grete à vouloir rendre la situation de Gregor encore plus effrayante, afin de pouvoir faire encore plus pour lui que jusqu'alors. Car dans une pièce où Gregor aurait seul le pouvoir sur les murs nus, personne d'autre que Grete n'oserait jamais entrer.

Et ainsi, elle ne se laissa pas dissuader par la mère de son intention, bien que cette dernière semblait elle aussi troublée dans cette pièce, hésitante, se taisant par moments et aidant autant que possible la sœur à sortir l'armoire. Eh bien, Gregor pouvait encore se passer de l'armoire si nécessaire, mais le bureau, lui, devait rester. Et à peine les deux femmes, accablées sous le poids de l'armoire, avaient-elles quitté la pièce que Gregor passa la tête sous le canapé pour voir comment intervenir prudemment et avec le plus grand égard. Malheureusement, ce fut la mère qui revint la première, tandis que Grete, dans l'autre pièce, peinait à maintenir l'armoire, la balançant seule d'un côté à l'autre, incapable toutefois de la déplacer. Mais la mère, non habituée à voir Gregor, aurait pu tomber malade en le regardant, et Gregor, effrayé, recula précipitamment jusqu'à l'autre bout du canapé, sans toutefois pouvoir empêcher que le drap ne bouge un peu devant. Cela suffit pour attirer l'attention de la mère. Elle s'arrêta, resta immobile un instant, puis retourna auprès de Grete.

Bien que Gregor ne cessât de se répéter qu'il ne se passait rien d'extraordinaire, seulement un simple déplacement de meubles, il lui fallut bientôt admettre que le va-et-vient incessant des deux femmes, leurs exclamations, les grincements des meubles sur le sol, tout cela créait pour lui une agitation insupportable, une sorte de tumulte provenant de toutes parts. Il lui fallut se dire, malgré ses efforts pour se replier sur lui-même, pressant son corps contre le sol, qu'il ne pourrait pas supporter cela bien longtemps. On vidait sa chambre, on lui ôtait tout ce qu'il aimait. L'armoire contenant sa scie à chantourner et d'autres outils avait déjà été emportée. Maintenant, on s'attaquait au bureau, solidement ancré au sol, à ce même bureau sur lequel il avait travaillé ses devoirs d'étudiant en commerce, de collégien, et même d'écolier. Il n'avait vraiment plus le temps de réfléchir aux bonnes intentions des deux femmes, dont il avait presque oublié l'existence. Elles travaillaient déjà en silence, si épuisées qu'on n'entendait plus que le bruit lourd de leurs pas.

Alors il surgit – les deux femmes s'étaient appuyées contre le bureau dans la pièce voisine pour souffler un peu – et changea quatre fois de direction dans sa course, ne sachant vraiment pas quoi sauver en premier. C'est alors qu'il aperçut, sur un mur désormais presque vide, le tableau représentant une dame vêtue de fourrures. Il s'élança précipitamment vers elle, grimpa, et se pressa contre le verre du cadre, qui l'immobilisa et apaisa son ventre brûlant. Cette image au moins, qu'il dissimulait désormais entièrement, personne ne viendrait la lui enlever. Il tourna la tête en direction de la porte du salon pour observer les femmes à leur retour.

Elles ne s'étaient pas accordé beaucoup de répit et revinrent déjà. Grete soutenait presque sa mère, qu'elle tenait par le bras. « Alors, qu'est-ce qu'on prend maintenant ? » dit Grete en regardant autour d'elle. C'est alors que leurs regards croisèrent celui de Gregor, accroché au mur. Grete, uniquement en raison de la présence de sa mère, conserva son calme, inclina son visage vers elle pour l'empêcher de regarder autour, et dit, toutefois tremblante et confuse : « Viens, ne retournerions-nous pas plutôt un moment dans le salon ? » Les intentions de Grete étaient claires pour Gregor : elle voulait mettre la mère à l'abri, puis le chasser du mur. Eh bien, elle pouvait toujours essayer ! Il se tenait sur son tableau et ne comptait pas le céder. Il aurait plutôt sauté au visage de Grete.

Mais les mots de Grete ne firent qu'alarmer davantage la mère. Elle s'écarta, aperçut la grande tache brune sur le papier peint fleuri, et s'écria d'une voix rauque et perçante, avant même d'avoir pris conscience que ce qu'elle voyait était Gregor : « Mon Dieu, mon Dieu ! » Puis, comme anéantie, elle s'effondra, les bras ouverts, sur le canapé, immobile. « Toi, Gregor ! » cria la sœur, le poing levé et les yeux emplis de reproches. C'était la première fois depuis sa métamorphose qu'elle s'adressait directement à lui. Elle courut dans la pièce voisine pour chercher une essence quelconque, avec laquelle elle espérait ranimer sa mère. Gregor voulut également l'aider – il était encore temps de sauver le tableau – mais il resta collé au verre et dut s'en détacher avec force. Il courut alors dans l'autre pièce, comme s'il pouvait donner un conseil à sa sœur, comme autrefois, mais dut se tenir là, inactif, derrière elle. Tandis qu'elle fouillait parmi différentes fioles, elle sursauta en se retournant, une bouteille tomba par terre et se brisa ; un éclat blessa Gregor au visage, et un liquide corrosif se répandit sur lui. Grete, sans plus tarder, emporta autant de fioles qu'elle put et courut rejoindre sa mère, refermant la porte d'un coup de pied. Gregor se retrouva ainsi isolé de sa mère, peut-être mourante à cause de lui. Il ne pouvait pas ouvrir la porte sans chasser sa sœur, qui devait rester auprès de leur mère. Il ne lui restait rien d'autre à faire qu'attendre. Accablé de remords et d'inquiétude, il se mit à ramper, escaladant tout : murs, meubles et plafond, avant de s'effondrer enfin, dans un ultime désespoir, au centre de la grande table, alors que la pièce semblait tourner autour de lui.

Il s'écoula un petit moment. Gregor gisait là, affaibli, et tout autour régnait le silence, peut-être un bon présage. Puis on sonna à la porte. La jeune domestique était naturellement enfermée dans sa cuisine, et Grete dut aller ouvrir. C'était le père qui arrivait. « Que s'est-il passé ? » furent ses premiers mots ; l'apparence de Grete avait dû tout lui révéler. Grete répondit d'une voix sourde, apparemment en appuyant son visage contre la poitrine de son père : « Maman s'est évanouie, mais elle va déjà mieux. Gregor s'est échappé. » « Je m'y attendais, » dit le père. « Je vous l'ai toujours dit, mais vous, les femmes, vous ne voulez pas écouter. »

Gregor comprit que son père avait mal interprété la trop brève explication de Grete et pensait que Gregor avait commis un acte de violence. Par conséquent, Gregor devait maintenant apaiser son père, car il n'avait ni le temps ni les moyens de le lui expliquer. Alors, il se précipita vers la porte de sa chambre et s'y pressa pour que, dès que son père entrerait depuis le vestibule, il puisse immédiatement voir que Gregor avait l'intention de retourner dans sa chambre, et qu'il n'était pas nécessaire de le repousser, mais simplement d'ouvrir la porte pour qu'il disparaisse aussitôt.

Cependant, le père n'était pas d'humeur à remarquer de telles subtilités. « Ah ! » s'exclama-t-il en entrant, d'un ton qui semblait mêler colère et joie. Gregor retira sa tête de la porte et la leva vers son père. Il ne s'était vraiment pas attendu à ce que son père ait cette allure en se tenant là. Pourtant, ces derniers temps, il avait négligé, à force de ses nouvelles habitudes de reptation, de s'intéresser comme avant aux événements du reste de la maison, et aurait dû s'attendre à rencontrer des circonstances changées. Pourtant, était-ce encore son père ? Le même homme qui s'enfonçait épuisé dans son lit lorsqu'autrefois Gregor partait en voyage d'affaires ; qui, lors des soirées de retour, l'accueillait en robe de chambre dans un fauteuil, à peine capable de se lever, mais levant simplement les bras de joie ; qui, lors des rares promenades communes, quelques dimanches par an et lors des fêtes les plus importantes, avançait toujours encore plus lentement que Gregor et sa mère, déjà eux-mêmes lents, emmitouflé dans son vieux manteau, s'appuyant prudemment sur sa canne et, lorsqu'il voulait parler, s'arrêtait presque toujours pour rassembler ses compagnons autour de lui ?

Maintenant, il se tenait droit, vêtu d'un uniforme bleu rigide à boutons dorés, tel que le portent les employés des banques ; au-dessus du col haut et raide de son uniforme se formait son double menton massif ; sous ses sourcils broussailleux jaillissait un regard frais et attentif de ses yeux noirs ; ses cheveux blancs, habituellement ébouriffés, étaient soigneusement coiffés en une raie brillante. Il jeta sa casquette, ornée probablement du monogramme doré d'une banque, en arc de cercle à travers la pièce jusqu'au canapé, puis s'avança vers Gregor, les pans de son long uniforme relevés, les mains dans les poches de son pantalon et le visage crispé.

Il ne savait probablement pas lui-même ce qu'il avait en tête. Cependant, il levait les jambes étonnamment haut, et Gregor s'émerveillait de l'énorme taille des semelles de ses bottes. Mais il ne s'attarda pas à cela ; il savait depuis le premier jour de sa nouvelle vie que son père jugeait appropriée la plus grande sévérité à son égard. Et ainsi, il courut devant son père, s'arrêtait lorsqu'il s'arrêtait, et repartait dès que son père bougeait. Ils firent ainsi plusieurs fois le tour de la pièce, sans qu'il ne se passe rien de décisif, sans même que l'ensemble prenne l'apparence d'une poursuite à cause de son rythme lent. Par conséquent, Gregor resta provisoirement sur le sol, d'autant plus qu'il craignait que son père ne prenne une fuite sur les murs ou le plafond pour une provocation particulière. Cependant, Gregor se rendit compte qu'il ne tiendrait pas longtemps à ce jeu, car, pendant que son père faisait un pas, il devait effectuer un nombre incalculable de mouvements. Il commença déjà à ressentir une difficulté à respirer, comme il n'avait jamais eu une confiance totale dans ses poumons même avant sa transformation. Tandis qu'il avançait péniblement, mobilisant toutes ses forces pour continuer, à peine capable de garder les yeux ouverts ; ne pensant à aucun autre moyen de salut que de continuer à fuir, et ayant presque oublié que les murs étaient à sa disposition, bien que ceux-ci fussent obstrués par des meubles soigneusement sculptés et hérissés de pointes – soudain, quelque chose tomba légèrement près de lui et roula devant lui. C'était une pomme ; aussitôt une autre vola dans sa direction ; Gregor s'immobilisa, effrayé ; fuir ne servait à rien, car son père avait décidé de le bombarder.

Le père avait rempli ses poches avec des pommes de la corbeille à fruits sur le buffet et les lançait maintenant, sans viser précisément, une pomme après l'autre. Ces petites pommes rouges roulaient électrisées sur le sol et se heurtaient les unes aux autres. Une pomme mal lancée effleura le dos de Gregor, mais glissa sans dommage. Une autre, qui le suivit immédiatement, pénétra cependant profondément dans son dos ; Gregor voulut se traîner plus loin, comme si la douleur surprenante et incroyable pouvait disparaître avec un changement de lieu, mais il se sentit comme cloué sur place et s'étendit dans une confusion totale de ses sens. Seulement du coin de l'œil, il vit encore la porte de sa chambre s'ouvrir brusquement, et la mère s'élancer devant la sœur en criant, vêtue de sa chemise de nuit, car la sœur l'avait déshabillée pour lui donner de l'air durant son évanouissement. Puis il vit comment la mère se précipita vers le père, perdant ses jupons noués les uns après les autres sur le chemin, trébucha sur ses jupes, tomba sur le père et, l'enlaçant totalement – mais la vue de Gregor se brouillait déjà – posa ses mains derrière la tête de son mari, le suppliant d'épargner la vie de Gregor.

III

La grave blessure de Gregor, dont il souffrit plus d'un mois – la pomme, que personne n'osa retirer, resta enfoncée dans sa chair comme un souvenir visible –, sembla rappeler même à son père que, malgré sa triste et repoussante apparence actuelle, Gregor demeurait un membre de la famille, qui ne devait pas être traité comme un ennemi, mais envers qui le devoir familial imposait de surmonter le dégoût et d'endurer, simplement endurer. Et bien que Gregor, probablement à jamais diminué dans ses mouvements à cause de sa blessure, prenne désormais de longues minutes pour traverser sa chambre, comme un vieil invalide – grimper sur les murs était hors de question –, il trouva dans cette aggravation de son état une compensation qu'il jugeait entièrement satisfaisante. En effet, chaque soir, la porte du salon, qu'il observait déjà attentivement une ou deux heures auparavant, était ouverte, lui permettant, allongé dans l'obscurité de sa chambre, invisible depuis le salon, d'observer toute la famille réunie à la table éclairée et d'écouter leurs conversations, en quelque sorte avec leur consentement général, donc bien différemment qu'auparavant.

Certes, ce n'étaient plus les conversations animées d'autrefois auxquelles Gregor pensait parfois avec un peu de nostalgie dans les petites chambres d'hôtel, lorsqu'il se jetait épuisé dans son lit humide. Désormais, l'ambiance était souvent très calme. Le père s'endormait rapidement après le dîner dans son fauteuil ; la mère et la sœur s'encourageaient à rester silencieuses ; la mère, penchée sous la lumière, cousait du linge délicat pour une boutique de mode ; la sœur, qui avait pris un poste de vendeuse, étudiait le soir la sténographie et le français, espérant peut-être obtenir un meilleur poste un jour. Parfois, le père se réveillait et, comme s'il ignorait totalement qu'il avait dormi, disait à la mère : « Tu couds encore depuis si longtemps aujourd'hui ! » et se rendormait aussitôt, tandis que la mère et la sœur échangeaient un sourire fatigué.

Avec une sorte d'entêtement, le père refusait d'enlever son uniforme de domestique, même chez lui ; et tandis que sa robe de chambre restait inutilisée sur un crochet, il somnolait entièrement habillé à sa place, comme s'il était toujours prêt à se mettre en service, attendant ici aussi la voix de son supérieur. En conséquence, l'uniforme, déjà usé à l'origine, perdit de sa propreté malgré tous les soins de la mère et de la sœur, et Gregor passait souvent des soirées entières à contempler cet habit taché de partout mais étincelant avec ses boutons dorés, dans lequel le vieil homme dormait, manifestement mal à l'aise mais tranquille.

À dix heures, la mère cherchait doucement à réveiller le père pour le persuader d'aller se coucher, car ce n'était pas là un véritable sommeil, et il en avait un besoin urgent puisqu'il devait reprendre son service à six heures du matin. Mais dans son entêtement, qui s'était emparé de lui depuis qu'il était devenu domestique, il insistait toujours pour rester plus longtemps à table, bien qu'il s'endorme systématiquement, et il fallait alors beaucoup d'efforts pour le convaincre d'échanger son fauteuil contre son lit. Peu importaient les exhortations de la mère et de la sœur ; il secouait lentement la tête pendant des quarts d'heure entiers, gardait les yeux fermés et ne se levait pas. La mère le tirait par la manche, lui murmurait des mots doux à l'oreille ; la sœur abandonnait son travail pour aider la mère, mais rien n'y faisait. Le père s'enfonçait encore plus profondément dans son fauteuil. Ce n'était qu'après que les deux femmes l'avaient saisi sous les aisselles qu'il ouvrait les yeux, regardait alternativement la mère et la sœur, et disait : « Quelle vie ! Voilà le repos de mes vieux jours. » Et, soutenu par les deux femmes, il se levait péniblement, comme s'il était lui-même le plus lourd des fardeaux, se laissait conduire jusqu'à la porte, leur faisait un signe pour qu'elles s'arrêtent là, et continuait ensuite seul, tandis que la mère jetait précipitamment son ouvrage et la sœur sa plume pour courir derrière lui et lui prêter encore assistance.

Qui, dans cette famille épuisée et surmenée, avait le temps de s'occuper davantage de Gregor que strictement nécessaire ? Le ménage était de plus en plus restreint ; la bonne fut finalement renvoyée ; une énorme femme de ménage osseuse, avec des cheveux blancs flottant autour de sa tête, venait matin et soir pour effectuer les travaux les plus lourds, et tout le reste était assuré par la mère en plus de ses nombreuses heures de couture. Il arriva même que divers bijoux de famille, que la mère et la sœur portaient autrefois avec un bonheur visible lors de réunions ou de festivités, soient vendus, comme Gregor l'apprit un soir au détour d'une conversation sur les prix obtenus. La plainte la plus fréquente restait toutefois l'impossibilité de quitter cet appartement bien trop grand pour la situation actuelle, car il était inconcevable d'imaginer comment déménager Gregor. Mais Gregor comprenait bien que ce n'était pas seulement par égard pour lui qu'un déménagement était impossible, car on aurait pu le transporter aisément dans une caisse appropriée avec quelques trous d'aération ; ce qui retenait la famille de déménager, c'était surtout une totale absence d'espoir et le sentiment accablant qu'un malheur pesait sur eux comme sur personne d'autre dans tout leur cercle de parents et d'amis.

Ce que la société exige des pauvres, ils l'accomplissaient jusqu'à l'extrême : le père apportait le déjeuner à de petits employés de banque, la mère s'exténuait à blanchir le linge des autres, et la sœur courait dans le magasin à la merci des clients. Mais les forces de la famille n'allaient pas plus loin. Et la blessure dans le dos de Gregor se remettait à lui faire mal, comme si elle était toute neuve, lorsque sa mère et sa sœur, après avoir mis le père au lit, revenaient dans la pièce commune, abandonnaient leur travail, se rapprochaient l'une de l'autre jusqu'à ce que leurs joues se touchent ; lorsque la mère, en désignant la chambre de Gregor, disait : « Ferme cette porte, Grete, » ; et lorsque Gregor, replongé dans l'obscurité, entendait les femmes mêler leurs larmes ou fixer la table, immobiles, sans pleurer.

Les jours et les nuits se passaient presque sans sommeil pour Gregor. Parfois, il songeait, à la prochaine ouverture de la porte, à reprendre en main les affaires familiales, comme autrefois. Dans ses pensées réapparaissaient alors, après un long temps, le chef, le fondé de pouvoir, les commis, les apprentis, le portier si borné, deux ou trois amis d'autres maisons de commerce, une femme de chambre d'un hôtel en province, un doux et vague souvenir, une caissière d'une boutique de chapeaux à qui il s'était sérieusement, mais trop lentement déclaré – ils revenaient tous, mêlés à des étrangers ou à des visages déjà oubliés. Mais, au lieu d'aider Gregor et sa famille, tous lui restaient inaccessibles, et il se sentait soulagé lorsqu'ils disparaissaient.

Cependant, il se retrouvait parfois dans une humeur où il ne se préoccupait absolument pas de sa famille : il était rempli de colère contre le mauvais entretien dont il souffrait. Et bien qu'il ne puisse imaginer rien qui puisse lui donner envie de manger, il échafaudait des plans pour accéder au garde-manger et y prendre ce qui lui revenait, même s'il n'avait pas faim. Sa sœur, ne se préoccupant plus de ce qui pourrait lui plaire particulièrement, poussait à la hâte, avant de partir le matin et à midi pour son travail, un quelconque aliment dans sa chambre avec le pied ; et le soir, sans se soucier de savoir si la nourriture avait été goûtée ou, le plus souvent, entièrement laissée intacte, elle balayait tout d'un coup de balai. Le nettoyage de la chambre, qu'elle effectuait désormais le soir, ne pouvait être plus sommaire. Des traînées de saleté marquaient les murs, des amas de poussière et de détritus gisaient ici et là. Au début, Gregor se postait dans les coins les plus visibles lors des visites de sa sœur, comme pour lui adresser un reproche silencieux. Mais il aurait pu rester ainsi des semaines sans que cela n'ait aucun effet ; elle voyait la saleté aussi bien que lui, mais elle avait simplement décidé de la laisser là.

Pourtant, elle montrait une sensibilité nouvelle, qui semblait avoir envahi toute la famille, à l'idée que le nettoyage de la chambre de Gregor devait rester son domaine exclusif. Une fois, sa mère avait entrepris un grand nettoyage, pour lequel elle avait dû utiliser plusieurs seaux d'eau – une humidité excessive, qui avait d'ailleurs rendu Gregor malade et l'avait contraint à rester étendu, amer et immobile, sur le canapé – ; mais elle ne fut pas épargnée. Car à peine la sœur eut-elle remarqué les changements dans la chambre que, profondément blessée, elle courut dans le salon, éclata en sanglots, et, malgré les mains implorantes de la mère, fit une crise de nerfs. Le père, sorti en sursaut de son fauteuil, regarda d'abord, étonné et impuissant, jusqu'à ce qu'il se mit à s'agiter, reprochant à la mère, à sa droite, de ne pas avoir laissé à la sœur le soin de nettoyer la chambre de Gregor, et criant à la sœur, à sa gauche, qu'elle ne devait plus jamais la nettoyer, tandis que la mère s'efforçait de traîner le père dans la chambre à coucher, que la sœur, secouée de sanglots, frappait la table de ses petits poings, et que Gregor, en proie à une rage sourde, sifflait de colère, déplorant que personne ne pense à fermer la porte pour l'épargner de ce spectacle et de ce vacarme.

Mais même si la sœur, épuisée par son travail professionnel, en venait à se lasser de s'occuper de Gregor comme elle l'avait fait auparavant, il n'aurait nullement été nécessaire que la mère prenne le relais, et Gregor n'aurait pas eu besoin d'être négligé. En effet, désormais, il y avait la domestique. Cette vieille veuve, qui semblait avoir surmonté bien des épreuves grâce à sa robuste constitution, n'éprouvait pas de véritable répulsion à l'égard de Gregor. Par un hasard, un jour, elle avait ouvert la porte de sa chambre et, face à Gregor, qui, totalement surpris, s'était mis à courir dans tous les sens bien qu'on ne le poursuive pas, elle s'était arrêtée, les mains croisées sur les genoux, en l'observant avec étonnement. Depuis lors, elle ne manquait jamais de jeter un coup d'œil furtif dans la chambre, matin et soir, en entrouvrant légèrement la porte. Au début, elle l'appelait même à elle avec des paroles qu'elle jugeait sans doute amicales, telles que : « Viens par ici, vieux cafard ! » ou « Regardez donc ce vieux cafard ! » À de telles interpellations, Gregor ne répondait rien, restant immobile à sa place, comme si la porte ne s'était jamais ouverte. Au lieu de lui permettre de le déranger inutilement selon son bon vouloir, on aurait mieux fait de lui ordonner de nettoyer sa chambre quotidiennement ! Un matin, tôt – une pluie battante, peut-être déjà un signe du printemps à venir, frappait contre les carreaux –, alors que la domestique reprenait ses propos, Gregor, en proie à une vive irritation, se tourna lentement mais résolument vers elle, comme pour l'attaquer. La domestique, loin de s'effrayer, saisit simplement une chaise près de la porte et, debout, bouche grande ouverte, sembla déterminée à ne la refermer qu'une fois la chaise abattue sur le dos de Gregor. « Alors, c'est tout ce que tu peux faire ? » dit-elle quand Gregor fit demi-tour, puis elle reposa calmement la chaise dans le coin.

Gregor ne mangeait presque plus rien. Parfois, en passant près de la nourriture qui lui avait été préparée, il prenait un morceau dans sa bouche pour jouer, le gardait des heures durant avant de le recracher, le plus souvent. Il avait d'abord cru que c'était le désordre de sa chambre qui lui coupait l'appétit, mais il s'était rapidement accommodé des changements dans la pièce. On avait pris l'habitude d'y entasser des objets qu'on ne pouvait ranger ailleurs, et il y en avait beaucoup, car un des espaces de l'appartement avait été loué à trois locataires. Ces messieurs sérieux – tous trois portaient la barbe, comme Gregor avait pu le constater à travers une fente de porte – étaient extrêmement soucieux d'ordre, non seulement dans leur chambre, mais aussi dans tout l'appartement, et en particulier dans la cuisine. Ils ne toléraient aucun désordre ni aucune saleté. De plus, ils avaient apporté la plupart de leurs propres meubles, rendant superflus bon nombre des objets que la famille ne voulait ni vendre ni jeter. Tout cela se retrouvait dans la chambre de Gregor. Y étaient aussi entreposées la boîte à cendres et la poubelle de la cuisine. Tout ce qui devenait momentanément inutilisable était jeté dans la chambre de Gregor par la domestique, toujours pressée. Heureusement, Gregor n'apercevait généralement que l'objet en question et la main qui le tenait. Peut-être la domestique comptait-elle récupérer ces choses plus tard, ou bien les jeter toutes d'un coup ; en réalité, elles restaient là où elles étaient tombées, à moins que Gregor, en se frayant un chemin parmi ce bric-à-brac, ne les déplace. Au début, il y était contraint faute de place pour ramper, mais il en venait peu à peu à y prendre plaisir, même si ces explorations le laissaient exténué et mélancolique, incapable de bouger pendant des heures.

Parfois, les locataires prenaient leur dîner dans le salon commun, auquel cas la porte restait fermée pour la soirée. Gregor n'avait aucun mal à renoncer à ce que la porte soit ouverte, ayant souvent, même quand elle l'était, passé ses soirées recroquevillé dans l'ombre la plus obscure de sa chambre. Une fois pourtant, la domestique avait laissé la porte du salon entrouverte, et elle resta ainsi même lorsque les locataires entrèrent et allumèrent la lumière. Ils prirent place à la table où, jadis, le père, la mère et Gregor prenaient leurs repas, déplièrent leurs serviettes et saisirent couteaux et fourchettes. Immédiatement, la mère apparut dans l'encadrement, portant un plat de viande, suivie de près par la sœur, qui tenait une montagne de pommes de terre. Un épais nuage de fumée montait des plats. Les locataires se penchèrent sur les mets qui leur étaient présentés, comme pour en examiner la qualité, et l'un d'eux, celui qui siégeait au centre et semblait faire autorité sur les deux autres, trancha un morceau de viande sur le plat, vraisemblablement pour vérifier si elle était tendre ou si elle devait être renvoyée en cuisine. Satisfaits, la mère et la sœur, qui avaient suivi la scène avec anxiété, échangèrent des sourires soulagés.

La famille elle-même mangeait dans la cuisine. Pourtant, avant de se rendre dans la cuisine, le père entra dans cette pièce, fit un tour de table avec une seule révérence, la casquette à la main. Les pensionnaires se levèrent tous et marmonnèrent quelque chose dans leurs barbes. Une fois seuls, ils mangeaient presque en silence total. Ce qui sembla étrange à Gregor, c'était que, parmi tous les bruits divers de leur repas, on distinguait sans cesse le son de leurs dents qui mâchaient, comme pour lui montrer qu'on avait besoin de dents pour manger, et qu'avec même les plus belles mâchoires édentées, on ne pouvait rien faire. « Mais j'ai de l'appétit, » se dit Gregor avec inquiétude, « mais pas pour ces choses-là. Comme ces messieurs se nourrissent bien, et moi, je dépéris ! »

Ce soir-là précisément – Gregor ne se souvenait pas d'avoir entendu le violon pendant tout ce temps – il résonna depuis la cuisine. Les pensionnaires avaient déjà terminé leur dîner, celui du milieu avait sorti un journal, donné une feuille à chacun des deux autres, et maintenant ils lisaient en s'appuyant en arrière tout en fumant. Lorsque le violon commença à jouer, ils devinrent attentifs, se levèrent et marchèrent sur la pointe des pieds jusqu'à la porte du vestibule, où ils restèrent serrés les uns contre les autres. Ils avaient dû être entendus depuis la cuisine, car le père s'exclama : « Ce jeu est-il peut-être désagréable pour messieurs ? Il peut être arrêté immédiatement. » « Au contraire, » dit celui du milieu, « mademoiselle ne voudrait-elle pas venir jouer ici dans la chambre, où c'est beaucoup plus confortable et agréable ? » « Oh, je vous en prie, » s'exclama le père, comme s'il était le violoniste. Les messieurs revinrent dans la pièce et attendirent. Bientôt, le père apporta le pupitre, la mère les partitions, et la sœur le violon. La sœur prépara tout calmement pour jouer ; les parents, qui n'avaient jamais auparavant loué de chambre et exagéraient donc leur politesse envers les pensionnaires, n'osèrent même pas s'asseoir sur leurs propres sièges ; le père s'adossa à la porte, la main droite glissée entre deux boutons de sa redingote fermée ; quant à la mère, un des messieurs lui offrit un siège, et elle s'assit à l'écart dans un coin, là où le monsieur l'avait placé par hasard.

La sœur commença à jouer ; père et mère suivaient attentivement, chacun de son côté, les mouvements de ses mains. Attiré par le jeu, Gregor s'était avancé un peu plus loin et avait déjà la tête dans le salon. Il ne s'étonnait guère de ne plus prendre en compte les autres ; autrefois, cette considération était sa fierté. Et pourtant, il aurait eu plus de raisons de se cacher maintenant, car à cause de la poussière qui recouvrait tout dans sa chambre et qui volait au moindre mouvement, il était lui-même couvert de poussière ; des fils, des cheveux, des restes de nourriture traînaient sur son dos et ses flancs ; son indifférence à tout était bien trop grande pour qu'il se couche sur le dos et se frotte au tapis, comme il le faisait plusieurs fois par jour auparavant. Et malgré cet état, il n'avait aucune honte à avancer un peu sur le sol immaculé du salon.

Toutefois, personne ne faisait attention à lui. La famille était totalement absorbée par le jeu du violon ; les pensionnaires, en revanche, qui s'étaient d'abord placés bien trop près derrière le pupitre de la sœur, les mains dans les poches, au point qu'ils pouvaient voir les partitions, ce qui devait sûrement gêner la sœur, se retirèrent bientôt, engageant à mi-voix des conversations avec des têtes baissées, près de la fenêtre, où ils restèrent sous l'observation inquiète du père. Il était évident qu'ils étaient déçus dans leur attente d'une belle ou distrayante prestation au violon, qu'ils en avaient assez et qu'ils supportaient cette perturbation uniquement par politesse. La manière dont ils soufflaient la fumée de leurs cigares par le nez et la bouche témoignait d'une grande nervosité. Et pourtant, la sœur jouait si bien. Son visage incliné sur le côté, ses regards suivaient les lignes des partitions avec un mélange de réflexion et de tristesse. Gregor rampa encore un peu en avant et posa sa tête tout contre le sol, espérant peut-être croiser son regard. Était-il une bête pour être ainsi saisi par la musique ? Il avait l'impression qu'un chemin s'ouvrait devant lui, celui d'une nourriture inconnue qu'il désirait ardemment. Il était résolu à s'approcher de sa sœur, à tirer sur sa robe pour lui indiquer qu'elle devait venir jouer dans sa chambre, car personne ici ne pouvait apprécier le jeu autant qu'il le souhaitait. Il ne voulait plus qu'elle quitte sa chambre, du moins tant qu'il vivrait ; sa figure effrayante lui servirait pour la première fois ; il serait à toutes les portes de sa chambre à la fois, prêt à bondir sur les assaillants ; la sœur, cependant, ne serait pas contrainte, mais resterait de son propre gré près de lui ; elle s'assiérait à ses côtés sur le canapé, pencherait l'oreille vers lui, et il lui confierait alors qu'il avait eu l'intention ferme de l'envoyer au conservatoire, et que, si ce n'était à cause du malheur qui s'était produit, il l'aurait annoncé à tous à Noël dernier – Noël était-il déjà passé ? – sans se soucier d'aucune objection. Après cette déclaration, la sœur éclaterait en larmes d'émotion, et Gregor se hisserait jusqu'à son épaule pour embrasser son cou, qu'elle portait dégagé depuis qu'elle travaillait.

« Monsieur Samsa ! » s'écria l'homme du milieu en s'adressant au père, tout en pointant du doigt Gregor, qui avançait lentement, sans ajouter un mot. Le violon se tut. L'homme du milieu sourit d'abord, secouant la tête en direction de ses amis, puis porta à nouveau son regard sur Gregor. Le père sembla juger plus urgent de calmer les locataires que de chasser Gregor, bien que ceux-ci ne paraissaient pas effrayés et trouvaient Gregor plus distrayant que le jeu du violon. Il se précipita vers eux, les bras tendus pour les pousser vers leur chambre, tentant en même temps de leur cacher Gregor de son corps. Cependant, les locataires commencèrent à s'énerver, sans qu'on puisse déterminer si c'était à cause du comportement du père ou de la découverte tardive qu'ils partageaient leur logement avec un voisin comme Gregor sans en avoir eu conscience. Ils exigèrent des explications, levaient leurs bras, tripotaient nerveusement leurs barbes, tout en se retirant lentement vers leur chambre.

Pendant ce temps, la sœur, sortie de l'état de désarroi dans lequel la fin soudaine de son jeu l'avait plongée, posa le violon sur les genoux de leur mère, qui, toujours en proie à des difficultés respiratoires, restait assise dans son fauteuil. Elle courut dans la pièce voisine où les locataires, poussés par le père, arrivaient déjà plus rapidement. On aperçut les mains habiles de la sœur en train de redresser et d'arranger les couvertures et les oreillers des lits. Avant que les hommes n'atteignent la pièce, elle avait terminé et se faufila dehors.

Le père, pris par une obstination nouvelle, sembla oublier tout respect envers ses locataires, qui, pourtant, y avaient droit. Il ne cessait de les presser et de les bousculer jusqu'à ce que l'homme du milieu, arrivé à la porte de leur chambre, frappe le sol du pied avec fracas, arrêtant ainsi le père.

« Par la présente, je déclare, » dit-il en levant la main et cherchant du regard également la mère et la sœur, « que, compte tenu des conditions déplorables régnant dans cet appartement et dans cette famille » – et il cracha résolument par terre –, « je résilie immédiatement ma location. Évidemment, je ne paierai rien pour les jours passés ici. Par contre, je vais réfléchir sérieusement à la possibilité de vous adresser des réclamations – croyez-moi, elles seraient très faciles à justifier. » Il se tut, regardant droit devant lui comme s'il attendait une réaction. Ses deux amis renchérirent immédiatement : « Nous aussi, nous résilions sur-le-champ. » L'homme du milieu saisit alors la poignée de la porte et la referma bruyamment.

Le père chancela jusqu'à son fauteuil en tâtant l'air de ses mains et s'y laissa tomber, comme s'il s'allongeait pour sa sieste habituelle. Mais les hochements prononcés de sa tête apparemment sans appui révélaient qu'il ne dormait nullement. Gregor était resté immobile à l'endroit où les locataires l'avaient aperçu. La déception due à l'échec de son projet, ou peut-être l'affaiblissement causé par sa longue période de jeûne, l'empêchaient de bouger. Il s'attendait avec une certaine certitude à une décharge générale imminente de colère dirigée contre lui et restait à attendre. Même le bruit du violon tombé des mains tremblantes de la mère, produisant une note résonnante, ne le fit pas sursauter.

« Chers parents, » dit la sœur, frappant la table de sa main pour introduire son propos, « cela ne peut plus continuer ainsi. Si vous ne le comprenez pas, moi, je le comprends. Je refuse d'appeler cette créature par le nom de mon frère et me contenterai de dire : il faut tenter de nous en débarrasser. Nous avons fait tout ce qui était humainement possible pour prendre soin de lui et le tolérer. Je crois que personne ne pourrait nous en faire le moindre reproche. » « Elle a mille fois raison, » murmura le père pour lui-même. La mère, qui peinait toujours à respirer, se mit à tousser sourdement dans sa main, les yeux déments.

La sœur se précipita vers la mère et lui soutint le front. Le père, semblant plus résolu après les paroles de la sœur, s'était redressé, jouait avec sa casquette de domestique entre les assiettes encore sur la table après le dîner des locataires, et jetait de temps à autre un regard sur Gregor, immobile.

« Nous devons nous en débarrasser, » dit alors la sœur exclusivement au père, car la mère, toussant, n'entendait rien,

« cela finira par vous tuer tous les deux, je le vois venir. Quand on travaille aussi dur que nous tous, on ne peut plus supporter cette éternelle torture à la maison. Moi non plus, je ne peux plus. » Et elle éclata en sanglots si violents que ses larmes coulèrent sur le visage de la mère, qu'elle essuya d'un geste mécanique. « Mon enfant, » dit le père avec compassion et une compréhension étonnante, « mais que devons-nous faire ? »

La sœur haussa simplement les épaules en signe d'impuissance, une attitude qui contrastait avec son assurance passée.

« S'il pouvait nous comprendre, » dit le père, presque interrogatif ; la sœur secoua violemment la main dans un geste de dénégation, même à travers ses larmes.

« S'il pouvait nous comprendre, » répéta le père, fermant les yeux pour adopter la conviction de la sœur sur l'impossibilité de cette idée, « peut-être pourrions-nous trouver un arrangement avec lui. Mais ainsi – »

« Il faut qu'il parte, » s'écria la sœur. « C'est la seule solution, père ! Tu dois te débarrasser de l'idée qu'il s'agit de Gregor. C'est notre véritable malheur d'avoir cru cela si longtemps. Mais comment pourrait-il être Gregor ? Si c'était lui, il aurait depuis longtemps compris qu'une coexistence entre des humains et une telle créature est impossible et il serait parti de lui-même. Nous n'aurions plus de frère, mais nous pourrions continuer à vivre et honorer son souvenir.

Mais ainsi, cette bête nous harcèle, fait fuir les locataires, et veut visiblement s'emparer de tout l'appartement pour nous forcer à dormir dans la rue. Regarde, père, » s'écria-t-elle soudain, « il recommence encore ! » Et, dans une terreur totalement incompréhensible pour Gregor, la sœur abandonna même la mère, se propulsant littéralement hors de son fauteuil comme si elle préférait sacrifier la mère plutôt que de rester près de Gregor, et courut se réfugier derrière le père, qui, uniquement alarmé par son comportement, se leva également et leva les bras, comme pour protéger la sœur.

Mais Gregor n'avait absolument pas l'intention de faire peur à quiconque, encore moins à sa sœur. Il avait simplement commencé à se retourner pour rentrer dans sa chambre. Cela donnait certes une impression étrange, car dans son état de souffrance, il devait aider ses mouvements difficiles en soulevant la tête à plusieurs reprises et en la frappant contre le sol. Il s'arrêta et regarda autour de lui. Sa bonne intention semblait avoir été comprise ; ce n'était qu'une peur passagère. À présent, tous le regardaient en silence et avec tristesse. La mère, les jambes tendues et serrées, était affalée dans son fauteuil, ses paupières closes d'épuisement ; le père et la sœur étaient assis l'un à côté de l'autre, et cette dernière avait passé un bras autour du cou de son père.

« Je peux peut-être me retourner maintenant, » pensa Gregor et reprit son effort. Il ne put s'empêcher de haleter d'effort et dut faire quelques pauses. Personne ne le pressait, tout dépendait de lui-même. Une fois le retournement accompli, il se mit immédiatement à ramper en ligne droite vers sa chambre. Il s'étonnait de la grande distance qui le séparait de sa porte et ne comprenait pas comment, dans sa faiblesse actuelle, il avait pu parcourir le même chemin peu de temps auparavant, presque sans s'en rendre compte. Concentré uniquement sur sa progression rapide, il ne prêta guère attention au silence de sa famille, qui ne disait rien, ne faisait aucun bruit pour l'arrêter. Ce n'est qu'une fois arrivé à la porte qu'il tourna la tête, sans réussir à la pivoter complètement car il sentait son cou raide, mais il vit que rien n'avait changé derrière lui, excepté que la sœur s'était levée. Son dernier regard glissa sur la mère, qui était maintenant profondément endormie.

À peine avait-il pénétré dans sa chambre que la porte fut vivement refermée, verrouillée, et barrée. Ce bruit soudain le fit sursauter, et ses petites pattes se dérobèrent sous lui. C'était la sœur qui s'était empressée ainsi. Elle avait attendu, debout, en alerte, avant de bondir, silencieuse, sans que Gregor l'ait entendue venir, et elle s'écria « Enfin ! » à l'adresse de ses parents en tournant la clé dans la serrure.

« Et maintenant ? » se demanda Gregor en regardant autour de lui dans l'obscurité. Il découvrit bientôt qu'il ne pouvait plus bouger du tout. Il ne s'en étonna pas, trouvant plutôt étrange qu'il ait pu jusqu'à présent se déplacer avec ces jambes si frêles. Par ailleurs, il se sentait relativement à l'aise. Il souffrait bien de douleurs dans tout le corps, mais il avait l'impression qu'elles diminuaient peu à peu et finiraient par disparaître complètement. Il ne sentait presque plus la pomme pourrie incrustée dans son dos ni la zone enflammée qui l'entourait et qui était entièrement recouverte d'une fine poussière. Il repensa à sa famille avec tendresse et amour. Son opinion, selon laquelle il devait disparaître, était peut-être encore plus ferme que celle de sa sœur. Dans cet état de réflexion vide et paisible, il resta jusqu'à ce que l'horloge de la tour sonnât trois heures du matin. Il vit encore le commencement de l'aube à travers la fenêtre. Puis sa tête s'affaissa totalement, sans sa volonté, et de ses narines s'échappa son dernier souffle.

Au petit matin, lorsque la domestique entra – frappant bruyamment toutes les portes comme à son habitude, malgré les nombreuses demandes de s'en abstenir, empêchant ainsi tout sommeil paisible dans l'appartement –, elle ne remarqua rien d'inhabituel lors de sa visite rapide auprès de Gregor. Elle crut qu'il faisait exprès de rester immobile pour jouer les offensés ; elle lui attribuait une intelligence capable de tous les stratagèmes. Tenant un long balai à la main par hasard, elle essaya de le chatouiller avec depuis la porte. Mais voyant que cela ne donnait aucun résultat, elle s'irrita et le poussa légèrement. Ce ne fut qu'en le déplaçant sans aucune résistance qu'elle comprit la vérité. Lorsqu'elle réalisa ce qui s'était passé, elle ouvrit de grands yeux, siffla doucement pour elle-même, mais ne s'attarda pas davantage. Elle ouvrit brusquement la porte de la chambre conjugale et cria à haute voix dans l'obscurité : « Regardez donc ça, il est crevé ; il est là, complètement crevé ! »

Le couple Samsa, assis bien droit dans leur lit conjugal, devait d'abord surmonter la frayeur causée par la domestique avant de comprendre son annonce. Puis, Monsieur et Madame Samsa se levèrent précipitamment de chaque côté du lit. Monsieur Samsa jeta une couverture sur ses épaules, tandis que Madame Samsa sortit simplement en chemise de nuit. Tous deux entrèrent dans la chambre de Gregor. Pendant ce temps, la porte du salon, où dormait Grete depuis l'arrivée des locataires, s'ouvrit aussi ; elle était complètement habillée, comme si elle n'avait pas dormi, ce que son visage pâle semblait également indiquer. « Mort ? » demanda Madame Samsa, regardant interrogativement la domestique, bien qu'elle pût tout constater d'elle-même, sans même vérifier. « On dirait bien, » répondit la domestique en poussant encore le corps de Gregor avec le balai, pour prouver ses dires. Madame Samsa fit un mouvement comme pour retenir le balai, mais ne le fit pas. « Eh bien, » dit Monsieur Samsa, « nous pouvons maintenant remercier Dieu. » Il se signa, suivi par les trois femmes. Grete, qui ne pouvait détacher son regard du cadavre, dit : « Voyez comme il était maigre. Il n'avait plus rien mangé depuis si longtemps. Tout ce qu'on lui apportait repartait tel quel. » En effet, le corps de Gregor était complètement plat et sec ; cela n'apparut clairement que maintenant qu'il n'était plus soutenu par ses pattes et que rien ne détournait le regard.

« Viens, Grete, restons un moment ensemble, » dit Madame Samsa avec un sourire mélancolique, et Grete, sans cesser de regarder le cadavre, suivit ses parents dans la chambre conjugale. La domestique ferma la porte et ouvrit grand la fenêtre. Bien que le matin fût encore jeune, l'air frais avait déjà un peu de douceur. Après tout, c'était déjà la fin mars.

De leur chambre sortirent les trois locataires, cherchant leur petit-déjeuner, qu'on avait oublié de leur préparer. « Où est le petit-déjeuner ? » demanda d'un ton grognon celui du milieu à la domestique. Celle-ci posa un doigt sur ses lèvres et leur fit signe, en silence et avec empressement, de venir dans la chambre de Gregor. Ils obéirent et se postèrent là, les mains dans les poches de leurs vestons un peu usés, autour du cadavre de Gregor dans la pièce déjà largement éclairée.

Alors la porte de la chambre s'ouvrit, et Monsieur Samsa apparut, vêtu de sa livrée, tenant d'un bras sa femme, de l'autre sa fille. Tous avaient un peu pleuré ; Grete enfouissait de temps en temps son visage dans le bras de son père.

« Quittez immédiatement mon appartement ! » dit M. Samsa en montrant la porte, sans relâcher les femmes. « Comment cela ? » dit le milieu des messieurs, un peu interloqué, tout en souriant sucrément. Les deux autres tenaient leurs mains dans le dos et les frottaient sans cesse l'une contre l'autre, comme s'ils attendaient avec impatience une grande dispute qui, cependant, devait tourner à leur avantage. « Je le pense exactement comme je le dis », répondit M. Samsa, avançant avec ses deux accompagnatrices vers le locataire. Celui-ci resta d'abord immobile, regardant le sol, comme si les choses dans sa tête prenaient un nouvel ordre. « Alors nous partons », dit-il ensuite, levant les yeux vers M.

Samsa, comme s'il demandait avec une soudaine humilité d'obtenir une nouvelle autorisation pour cette décision. M. Samsa acquiesça simplement à plusieurs reprises avec de grands yeux.

L'homme se mit alors aussitôt à marcher d'un pas rapide vers le vestibule ; ses deux amis, qui avaient déjà prêté une oreille tranquille depuis un moment, se précipitèrent après lui, comme s'ils craignaient que M. Samsa n'atteigne le vestibule avant eux et ne perturbe leur lien avec leur chef. Dans le vestibule, les trois prirent leurs chapeaux sur le porte-manteau, retirèrent leurs cannes du porte-canne, s'inclinèrent en silence et quittèrent l'appartement. Par une méfiance manifestement infondée, M. Samsa, accompagné des deux femmes, se rendit sur le palier ; appuyés contre la rampe, ils regardèrent les trois messieurs descendre lentement mais sûrement l'escalier interminable, disparaissant à chaque étage dans un virage précis de l'escalier, pour réapparaître après un court moment. Plus ils descendaient, plus l'intérêt de la famille Samsa pour eux diminuait. Et quand un boucher, portant fièrement une civière sur la tête, monta pour leur passer devant et les dépasser, M. Samsa et les femmes quittèrent bientôt la rampe et retournèrent soulagés dans leur appartement.

Ils décidèrent de consacrer cette journée au repos et à une promenade ; ils n'avaient pas seulement mérité cette pause dans leur travail, mais en avaient absolument besoin. Ainsi, ils s'assirent à la table et écrivirent trois lettres d'excuses : M. Samsa à sa direction, Mme Samsa à son client, et Grete à son employeur. Pendant qu'ils écrivaient, la servante entra pour dire qu'elle partait, car son travail du matin était terminé. Les trois, concentrés sur leurs lettres, hochèrent d'abord simplement la tête sans lever les yeux ; ce n'est que lorsque la servante ne se retira pas immédiatement qu'ils levèrent les yeux avec irritation. « Eh bien ? » demanda M. Samsa. La servante se tenait dans l'encadrement de la porte en souriant, comme si elle avait une grande nouvelle à annoncer à la famille, mais ne voulait la révéler que si elle était minutieusement interrogée. La petite plume sur son chapeau, qui agaçait M. Samsa depuis toute la durée de son service, se balançait légèrement dans toutes les directions. « Alors, que voulez-vous vraiment ? » demanda Mme Samsa, la personne qu'elle respectait le plus. « Eh bien, » répondit la servante, qui ne put continuer tout de suite en raison d'un rire amical, « à propos de la manière de débarrasser les choses de la pièce voisine, ne vous inquiétez pas. Tout est en ordre. » Mme Samsa et Grete se penchèrent sur leurs lettres comme pour continuer à écrire ; M. Samsa, remarquant que la servante était sur le point de tout décrire en détail, la fit taire d'un geste ferme de la main. Mais comme elle ne pouvait pas raconter son histoire, elle se souvint de l'urgence qui l'attendait, s'écria visiblement vexée : « Adieu à tous », se retourna brusquement et quitta l'appartement en claquant violemment la porte.

« Elle sera congédiée ce soir », dit M. Samsa, mais ni sa femme ni sa fille ne répondirent, car la servante semblait avoir perturbé leur paix récemment retrouvée. Elles se levèrent, allèrent à la fenêtre et restèrent là, enlacées. M.

Samsa se tourna dans son fauteuil pour les regarder un moment en silence. Puis il appela : « Alors venez ici. Arrêtez avec ces vieilles histoires. Et pensez aussi un peu à moi. » Immédiatement, les femmes le rejoignirent, se précipitèrent vers lui, l'embrassèrent et terminèrent rapidement leurs lettres.

Tous trois quittèrent ensuite ensemble l'appartement, chose qu'ils n'avaient pas faite depuis des mois, et prirent le tramway pour se rendre en plein air, à la périphérie de la ville. Le wagon, dans lequel ils étaient seuls, baignait dans une lumière chaude et ensoleillée. Confortablement installés dans leurs sièges, ils discutèrent des perspectives d'avenir et constatèrent, à y regarder de plus près, qu'elles n'étaient pas mauvaises du tout. Leurs emplois respectifs, dont ils n'avaient guère parlé entre eux, s'avéraient très prometteurs et porteurs d'avenir. Le plus grand soulagement immédiat devait bien sûr venir d'un changement de logement ; ils projetaient de déménager dans un appartement plus petit, moins cher, mieux situé et plus pratique que l'actuel, choisi par Gregor. Tandis qu'ils discutaient ainsi, M. et Mme Samsa remarquèrent presque en même temps, en regardant leur fille de plus en plus vive, qu'elle était devenue une belle jeune fille épanouie malgré toutes les épreuves, qui avaient certes pâli ses joues. Plus calmes, échangeant presque inconsciemment des regards, ils pensèrent qu'il était temps de lui trouver un bon mari. Et ce fut pour eux comme une confirmation de leurs nouveaux rêves et bonnes résolutions lorsque, à la fin du trajet, leur fille se leva la première et s'étira, son jeune corps irradiant d'énergie.

www.ingramcontent.com/pod-product-compliance
Lightning Source LLC
Chambersburg PA
CBHW020749160726
47993CB00006B/2681